그리워서, 괜히

그리워서, 괜히
—

초판 1쇄 발행 2021년 12월 10일

지은이 최창남
펴낸이 한종호
디자인 임현주
제 작 JK프린팅

펴낸곳 꽃자리
출판등록 2012년 12월 13일
주소 경기도 의왕시 백운중앙로 45, 207동 503호(학의동, 효성해링턴플레이스)
전자우편 amabi@hanmail.net
블로그 http://fzari.tistory.com

—
ISBN 979-11-86910-33-7 03810
값 12,000원

그리워서, 괜히

최창남 지음

꽃자리

목차

잃어버린 이야기

내가 태어나던 해에 아버지는 사업에 실패했고, 어머니는 울화병을 얻어 산에 들어가 요양을 하셨습니다. 외할머니가 나를 돌보고 키우셨습니다. 그 사이 아버지는 사업을 다시 일으켰다가 망하는 일을 여러 차례 반복했습니다. 나는 너무 어려 아버지의 부침을 온전히 느끼고 이해할 수 없었습니다. 그저 사탕을 사 먹을 수 있을 때가 있었고, 그렇지 못할 때가 있었을 뿐입니다. 사탕을 먹을 수 없었던 시절에는 메뚜기를 잡아먹었습니다. 구워도 먹고, 튀겨도 먹었습니다. 한 번은 왕잠자리의 몸통을 갈라 그 살을 먹어 보기도 하였습니다. 약간의 비린 느낌만 있을 뿐 맛은 전혀 느낄 수 없었습니다. 이후로는 왕잠자리의 살을 먹어 볼 생각은 하지 않았습니다. 커다랗고 누런 쌀방개도 튀겨 먹어볼까 생각하기도 하였습니다. 맛이 괜찮을 듯하였지만 시도하지는 않았습니다. 왜 그런 생각이 들었는지는 기억나지 않지만 쌀방개까지 먹어서는 안 될 것 같은 생각이 들었고, 먹을 것도 별로 없을 것 같기도 하였기 때문이었습니다. 사탕을 사 먹을 수 없는 처지가 되어서도 별로 불행해하지 않았던 것은 메뚜기 등을 먹을 수 있기 때문이었는지도 모르겠습니다.

내 기억 속의 유년 시절은 대체로 가난하고 힘겨웠지만 불행하지는 않았습니다. 불행하지 않았던 것이 아니라 행복에 더 가까웠습니다. 아버지의 사업이 망하고 가난해져 사탕을 사 먹지 못하게 된 일들에 대한 기억도 있지만 행복했던 기억들이 비교할 수 없이 많습니다. 메뚜기, 잠자리, 방개, 거머리, 문둥이, 미군이 던져주던 사탕, 양색시 누나들, 친구들, 형과 누나, 아버지, 어머니 그리고 셀렘민트껌, 바브민트껌, 텔레비전, 버드나무, 옥수수밭, 얼음공장, 경미극장, 장안벌 등과 루핑으로 지붕이 덮여 있던 교실, 개울에 떠내려오던 사과상자 등으로 가득했습니다. 이 모든 것들과 함께 했었습니다. 그래서 유년 시절은 행복했습니다.

그들 모두는 내 삶이었습니다. 그 사람들, 그것들 모두가 내 삶을 만들었습니다. 내 삶에 들어와 내 삶이 되었습니다. 그들 저마다의 삶이기도 했지만 내 삶이기도 했습니다. 나는 언제나 내 인생은 내가 사는 것이라고 생각했습니다. 하지만 그들이 내 인생을 살아온 것이기도 합니다. 그러니 내 삶은 내가 살아온 것이 아니라 그들 모두에 의해 살려져 온 것이기도 합니다. 나만의 삶은 없었습니다. 함께 살아온 우리들의 삶이 있을 뿐입니다. 유년 시절뿐 아니라, 청년이었던 때도 노인이 되어가고 있는 지금 이 순간에도 그렇게 살려지는 삶을 살아가고 있습니다.

내 삶을 만들었던 많은 사람들 중 아버지는 아주 특별한 지위를 차지하고 있습니다. 아버지에 대해 특별히 좋은 기억을 가지고 있는 것은 아닙니다. 아버지는 말이 별로 없었습니다. 그 시대의 많은 아버지들이 그러했듯이 살갑고 다정한 아버지가 아니었습니다. 친구들과 마작을 할 때는 화통하게 웃기도 하셨지만 내게는 웃는 모습을 보여준 적이 거의 없었습니다. 다정하게 손을 잡고 걸어본 적도 없습니다. 밥상도 따로 받으셨기 때문에 함께 밥을 먹은 기억도 없습니다. 내게는 늘 어렵고 때로 두렵기까지 한 그런 존재였습니다. 아버지는 매를 종종 드셨습니다. 물론 내가 잘못을 했기 때문에 드신 매입니다. 내가 어머니의 손지갑에서 돈을 조금 훔치거나 학교를 빼먹거나 하는 잘못을 저지르면 무섭게 때리셨습니다. 회초리로 종아리를 때리셨습니다. 회초리가 없을 때에는 요즘에는 볼 수 없지만 당시에 사용하던 방 빗자루로 때리셨습니다. 한 번 때리면 사정을 두지 않으셨습니다. 살이 터지고 피가 철철 쏟아질 정도로 매질을 하셨습니다. 한 번 맞으면 이삼일을 걷지 못할 정도였습니다. 여러 차례 맞았지만 그렇다고 아버지에 대한 나쁜 기억을 갖고 있지는 않습니다. 원망하지도 않았습니다.

아버지는 천도교 신자였습니다. 나의 훈육을 위해 매를 들어야 하는 상황이 오면 나를 무릎 꿇게 한 후 제사를 지내셨습니다. 제단에는 최제우, 최시형, 손병희 선생의 사진이 걸리고, 간략하게라도 제수를 차려 놓았습니다. 아버지는 제단 앞에 앉아 나의 잘못을 고한 후, 세로로 말끔하게 재단된 화선지에 천도교의 주문인 '시천주조화정 영세불망만사지侍天主造化定 永世不忘萬事知'[1]를 정성들여 쓰셨습니다. 불에 태우고 재를 물에 타 마셨습니다. 그런 후에야 매

11

를 드셨습니다. 나는 아버지에게 매를 맞을 때마다 '잘못했습니다', '다시는 안그러겠습니다'라고 빌며 용서를 구했지만, 아버지는 언제나 당신이 정한 만큼의 매질을 다 하신 후에야 그치셨습니다.

나는 아버지에게 여러 차례 심한 매질을 당했지만, 불만이나 나쁜 감정은 없었습니다. 청년이 되고 어른이 되어 어린 시절에 아버지에게 맞았던 장면들을 떠올리게 될 때마다 아버지를 더욱 깊이 이해하고 가깝게 느끼게 되었습니다. 한 번도 살갑고 다정하게 대해준 적이 없는 아버지였지만 정이 많았던 아버지로 남아 있습니다. 아버지는 내 삶의 많은 부분을 함께 했고 함께 살아왔습니다. 아버지는 내 삶의 일부였습니다.

내 삶은 아버지를 비롯하여 많은 사람들, 다른 많은 생명들에 의해 이루어졌습니다. 내 삶은 그들의 삶이기도 합니다. 그런 탓에 아무리 힘든 상황에 내몰려도 힘듦을 모

---

1) 천도교의 주문이다. 시천주 조화정은, 하늘님을 내 마음과 몸에 모시어 삶을 창조적이며 조화롭게, 주체적으로 살아가겠다는 뜻으로, 영세불망 만사지는 사람의 한평생을 잊지 않으며, 자신의 모든 일을 하늘의 도에 맞게 행하겠다는 의미이다.

르고 살아왔습니다. 외로움을 모른 채 살아올 수 있었습니다. 그렇게 살아오다 보니 뺨에 노을이 깃드는 나이가 되었습니다. 지나온 날들을 돌아보면 그저 꿈결 같습니다. 어떻게 이렇게 많은 세월이 흘렀는지 아무리 생각해도 이해할 수 없습니다. 그저 잠시 눈을 감았다 뜬 것 같은데 말입니다. 내가 세월을 지나온 것이 아니라 세월이 나를 살아온 것 같습니다. 내가 세월을 불러온 것이 아니라 세월이 나를 데려온 것 같습니다. 내 길이 아니라 세월의 길이었던 것 같습니다. 그러니 슬픈 일이 있다고 목 놓아 울지도 않았고, 기쁜 일이 있다고 길길이 날뛰지도 않았습니다. 그저 이리저리 흔들리며 살아왔을 뿐입니다. 집을 떠나고, 고향을 떠나고, 사랑하는 이들을 떠나고, 나를 떠나며 살아왔습니다. 그렇게 애정하는 것들과 이별하고 헤어지며 낯선 시간, 낯선 삶들을 지나왔습니다. 세월이 데려온 시간들을 세월이 다시 데려갔지만, 삶은 남아 이런저런 이야기들을 남겨 놓았습니다.

　사람들과 유년 시절에 대해 몇 차례 이야기를 나눈 적이 있었습니다. 대부분의 사람들이 기억을 하지 못하고 있었습니다. 기억을 해도 지극히 단편적인 기억일 뿐이었고, 전혀 기억나지 않는다고 말한 이도 있었습니다. 그들은 '유년 시절에 대한 기억이 많으냐?'고 내게 물었습니다. 그런 질문을 받을 때마다 나는 '많은 기억을 가지고 있다'고 대답했습니다. 나는 이 책에 기록된 이야기들 외에도 많은 장면들을 기억하고 있습니다.

사람들은 그들의 유년 시절을 잊고 살아가고 있었습니다. 그들 삶의 가장 소중하던 시절을 잃어버린 채 살아왔습니다. 유년 시절은 우리가 살아오면서 잃어버린 삶의 조각입니다. 퍼즐 조각입니다. 이 조각을 잃어버리면 우리는 삶이라는 퍼즐을 완성할 수 없습니다. 이 조각을 되찾지 못하면 이리저리 맞추어도 맞춰지지 않고 삐거덕거리고 비틀거리던 우리의 삶을 온전히 회복할 수 없습니다.

세월이 흘러서 좋습니다. 흐르지 않고 멈춰서 있다면, 늙어가지 않고 늘 젊은 채로 있다면 얼마나 삶은 의미 없어지겠습니까. 추억도 잊히니 좋습니다. 아무리 아름다운 추억이라 하더라도 잊히지 않는다면, 아무리 소중한 추억이라도 그 추억 속에서 살아야 한다면 어떻게 오늘을 오늘답

게 살아갈 수 있겠습니까. 그렇게 세월 흐르고 추억 잊히
며 오늘 이 시간에 이르게 되니 참 좋습니다. 이렇게 다시
유년 시절을 돌아볼 수 있으니 말입니다.

원숭이 똥구멍은 빨개

뒷마당 우물에 밤하늘의 별들이 다 쏟아졌다고 해도 믿던 때였습니다. 문둥이가 어린아이의 간을 먹는다는 허무맹랑한 이야기들이 양색시 누나들의 아름다운 미소와 터무니 없이 어우러지던 그런 날들이었습니다. 원숭이 똥구멍이 빨간 것이 무에 그리 우스웠는지 배를 잡고 떼굴떼굴 구르던 유년 시절이었습니다.

유년 시절을 생각하면 가장 먼저 떠오르는 것은 친구들이
나 개울에서 물고기 잡던 장면들이 아니라 다락방입니다.
그 당시 집들에는 대부분 안방에 다락방이 있었습니다. 베
니어 합판으로 만든 후 페인트를 칠하고 니스를 발라 반
짝이던 누런색 미닫이문이 있고, 그 문을 열면 계단이 있
고, 계단의 끝에 다락방이 있었습니다. 제법 크고 넓었습
니다. 그곳에 지금 당장 쓰지는 않지만 버릴 수 없는, 언젠
가는 다시 쓸지도 모르는 물건들을 차곡차곡 얼기설기 쌓
아 놓았습니다. 그렇게 쌓아 놓고 오랜 세월 들여다보지
않아 먼지가 뽀얗게 앉아 있었습니다. 자주 들어가지 않고
환기도 잘 되지 않고 볕도 들지 않으니 곰팡이가 피어 냄
새가 났습니다. 다락방의 그런 퀴퀴한 곰팡이 냄새가 나는

다락방 작은 창 안의 시간은 흐르지 않은 듯한데,
무심하게도 창밖의 시간은 세월 만큼 흘렀습니다.

좋았습니다. 아버지와 어머니가 집에 계시지 않을 때는 곧잘 다락방에 올라갔습니다. 다락방에 있으면 참으로 편안하고 안락했습니다. 당시에는 왜 그런 느낌이 드는 지 잘 알 수 없었지만, 어른이 된 후 생각해 보니 위로 받았던 것 같습니다. 다락방의 무엇이 내게 위로를 주었는 지 노인이 되어가고 있는 지금도 잘 모르겠습니다. 하지만 분명한 것은 유년 시절뿐 아니라 어른이 된 후에도 굴다리나 하수도의 퀴퀴한 냄새를 맡으면 여전히 위로를 받았다는 것입니다. 굴다리 아래를 지나면 마음이 편안해졌습니다. 마치 내 방에 있는 듯하였습니다. 오랜 세월 낯선 땅을 떠돌다가 고향에 들었을 때의 안도감 같은 것이 있었습니다. 왜 그런 느낌을 받았는 지 알 수도 없고, 이해하기도 쉽지 않지만, 참 그립습니다. 그 모든 것들이 그립습니다. 다락방 계단에서 나던 삐걱거리던 소리, 퀴퀴한 냄새, 곰팡이 핀 옷가지들의 습한 촉감까지 젊은 날의 아버지가 보았을 것 같은 낡은 책들, 책장 사이에서 가끔 볼 수 있었던 책벌레에 이르기까지 말입니다. 그 모든 것이 그립습니다. 정겹습니다.

　나의 영혼은 전설처럼 남아 있는 수십 년 전의 다락방으로 달려갑니다. 다소 어두웠던 안방의 한쪽에 다락방으로 오르는 쪽문이 있습니다. 다락방은 부엌 위에 있습니다. 다락방 문 아래쪽에는 부엌에서 방으로 물이나 음식을 바로 들일 수 있는 작은 쪽문이 있습니다. 미닫이문입니다. 오래전 그 모습 그대로입니다. 다락문을 엽니다. 퀴퀴한 세월의 냄새에 젖어듭니다. 삐걱거리는 나무 계단을 조심스레 밟고 다락방으로 오르자 묵은 세월을 뛰어넘어 마치 어제처럼 모든 것이 그대로입니다. 달라진 것이라고는 이제는 서 있을 수 없이 자란 나의 몸뚱이뿐입니다. 앉은 채로 바닥의 먼지를 쓸어내며 마당으로 향해 있는 작은 창으로 다가갑니다. 다락방 작은 창에서 보는 밖의 모습은 창의 안과는 다릅니다. 창안 다락방은 세월이 흐르지 않은 듯 그대로인데 창밖 세상은 세월의 풍상과 그 흔적들을 그대로 간직하고 있습니다. 마당 저쪽 구석에 토끼집이 있었던 것 같은데, 흔적조차 남아 있지 않습니다. 문 옆에 대추나무도 있었던 것 같은데, 대추나무도 세월에 쓸려갔는지 보이지 않습니다. 버드나무만 남아서 가지를 늘어뜨리고 있습니다. 하늘색 페인트로 멋지게 칠했던 대문은 세월을 이기지 못한 채 흉하게 칠이 벗겨져 맨살을 드러내고 있습니

다. 다락방 작은 창 안의 시간은 흐르지 않은 듯한데, 무심
하게도 창밖의 시간은 세월 만큼 흘렀습니다. 어느 날 서
리가 내려앉은 듯 희어진 머리를 보듯이 말입니다. 그래도
마음만은 그 시절 그대로입니다.

"중호야, 중호야!"

어느새 들어오셨는지 아버지의 우렁찬 목소리가 들려옵
니다. 지금은 그리움으로 남아 있지만 유년 시절의 나에게
아버지는 무섭기만 한 존재였습니다. 검붉은 피부에 단단
해 보이는 근육, 듬성듬성 자란 턱수염은 군인의 훈장처럼
아버지의 권위를 더해주었습니다.

"예 - "

나는 목을 빼 길게 대답하며 바람 소리 들리도록 다락방
에서 뛰듯 내려갑니다. 아버지는 유리가 곱게 끼워진 마루
미닫이 창문 곁에 앉아 계십니다. 때맞추어 불어온 바람이
아버지의 얼굴에 맺힌 땀방울을 씻어줍니다. 대문 옆 버드
나무 가지도 바람에 흔들립니다. 아버지는 담배에 불을 붙
이시며 말씀하십니다.

"얼른 뛰어 가서 담배 한 갑 사와라."

아버지의 손에 들린 십 원짜리 지폐 두 장이 바람에 펄럭이는 듯했습니다. 그 모습이 마치 깃발 같았습니다. 이십 원을 아버지의 두툼한 손에서 받아 들고 대문 밖으로 나섭니다. 다방구 놀이를 할 때면 언제나 술래 집의 역할을 하던 굴뚝을 지나고, 동네에 하나 밖에 없던 시멘트에 벽돌 조각을 버무려 만든 쓰레기통을 지나면 동네 꼬마들이 모여 앉아 되도 않은 소리들을 지껄이던 돌계단이 있습니다. 동네 아이들은 그 돌계단에 모여 앉아 뒷산에 있는 굴에 사는 어떤 문둥이가 어린아이들을 잡아 간을 빼먹는다는 등의 정말 되도 않은 이야기들을 직접 본 것처럼 떠벌이곤 하였습니다.

어느 여름날이었습니다. 뒷산에 살던 문둥이가 미군부대 옆에 있는 큰 개울가 다리 밑에 있는 굴로 이사왔다는 이야기가 귓속말로 전해졌습니다. 우리들은 걱정이 태산이었습니다. 그 개울은 우리들이 고기를 잡고 물놀이를 할 수 있는 유일한 곳이었습니다. 우리는 한동안 두려움으로 인해 다리 밑 굴에서 최대한 멀리 떨어진 상류까지 올라가 물놀이를 하였습니다.

그러던 어느 날이었습니다. 문둥이가 어린아이들을 잡

아 간을 빼먹는다는 이야기를 믿게 만든 정말 놀라운 사건
이 일어났습니다. 물놀이를 하기 위해 상류로 올라가던 나
와 치범이 형이 개울 기슭에서 머리카락이 그대로 있는 사
람의 머리 가죽을 발견한 것입니다. 그때의 놀라움은 그대
로 두려움이 되어 오랜 시간 동안 나를 사로잡았습니다.
문둥이가 사람을 잡아먹고, 머리카락은 먹지 못하니 머리
가죽은 벗겨 내다 버린 것입니다. 이 사건은 순식간에 온
동네 꼬마들에게 전해졌습니다. 우리 모두는 큰 충격을 받
았습니다. 두려움에 사로 잡혔습니다. 우리는 여름 내내 물
놀이를 하지 못하였습니다. 정말 물놀이를 하고 싶을 때에
는 한 시간 정도를 걸어 다른 동네로 가서 물놀이를 하다
오곤 하였습니다.

시간이 많이 흐르고 여름이 끝나갈 무렵 큰 개울 다리
밑 굴 속에 살던 문둥이가 이사를 갔다는 소문이 돌았습니
다. 소문의 진상을 알 길 없는 우리는 소문을 확인하기로
하였습니다. 동네 꼬마 열 몇 명의 대표로 특공대가 조직
되었습니다. 나는 동네 꼬마들 중에서도 가장 어렸습니다.
그러나 나는 용기를 내어 특공대에 자원하였습니다. 특공
대원은 모두 세 명이었습니다. 세 명의 꼬마 특공대는 십

분, 이십 분이면 갈 수 있는 거리를 한 시간이나 걸려 굴 앞에 왔습니다. 용기를 내어 특공대가 되기는 하였지만, 굴 앞에는 무서워서 차마 갈 수가 없었기 때문입니다. 그러나 문둥이보다 더 무서운 것이 있었습니다. 그것은 친구들에게 겁쟁이라고 놀림을 받는 것이었습니다. 우리는 정말 용기를 내어 굴에 가까이 다가가 안을 들여다보았습니다. 굴 안에는 컴컴하여 아무것도 보이지 않았습니다.

"형아, 아무것도 보이지 않아."

내가 말했습니다.

"우리 소리 질러 볼까?"

이름은 기억나지 않지만 동네 꼬마들 중에서는 가장 용기 있던 초등학교를 다니던 형이 말했습니다. 우리는 소리를 질러 보자는 동네 형의 이야기에 놀란 얼굴이 되었습니다. 몇 번이고 망설이다가 동네 형의 말대로 소리를 지르기로 하였습니다.

"야!"

우리는 입을 맞추어 한마디 외치고는 냅다 뛰어 도망쳤습니다. 수십 미터쯤 각자 도망치고는 숨을 헐떡이며 돌아보았지만 굴에서는 아무런 반응이 없었습니다. 우리는 의미 있는 눈짓을 서로에게 보내며 다시 굴 앞에 모여들었습니다. 다시 소리를 질렀습니다.

"야! 문둥이 있으면 나와라!"

우리는 또다시 냅다 뛰었습니다.

그렇게 몇 번을 하였지만 굴에서는 아무런 반응이 없었습니다. 우리는 다시 굴 앞에 모였습니다.

"형아, 정말 이사 갔나봐."

내가 동네 형에게 확인을 받고 싶은 얼굴로 말했습니다.

"그래, 이사를 갔던지, 아니면 어디를 갔던지 어쨌든 없는 것은 분명해. 어쨌든 우리는 우리의 임무를 다했으니 가자."

우리는 스스로에 대한 자랑스러움에 조금은 통쾌한 기분으로, 그러나 다른 한편에서는 두렵고 떨리는 마음으로 굴 앞에 나란히 서서 오줌을 갈기고는 도망치듯이 우리를 기다리고 있는 아이들에게로 돌아왔습니다.

"문둥이는 이사 간 것이 확실해."

특공대의 보고를 들은 아이들은 환호하였고, 물놀이는 다시 시작되었습니다.

나는 살아오면서 이때의 일을 생각하며 슬며시 웃곤 하였습니다. 우리가 그토록 무서워했던 사람의 벗겨진 머리가죽은 양색시 누나들이 쓰다 버린 가발이었습니다. 문둥이가 이사를 왔다던 다리 밑의 굴은 큰 하수구였습니다. 문둥이가 애초에 있을 리도 없었고, 또 문둥이가 아이들의 간을 빼어 먹는 일은 애초에 말이 되지 않는 일이었는데도 그 시절에는 어쩌면 그렇게 그럴듯하게 들렸는지 모를 일입니다.

돌계단을 지나 골목을 돌아나가자 양색시 누나들이 살던 집들이 이어져 있습니다. 창살이 쳐진 낮은 창 사이로 양색시 누나들의 모습을 훔쳐보던 기억이 오래도록 남아 있습니다. 그 골목길에서 우리는 양색시 누나들을 놀리며 자랐습니다. 우리는 돌계단에 앉아 되도 않은 소리를 하고 있다가 양색시 누나들이 지나가면 소리를 맞추어 합창하듯이 노래하곤 하였습니다.

"양색시 궁둥이는 씰룩씰룩."

우리들의 합창 소리에 일부는 서툰 영어 솜씨로 '갓 땜!' 하며 욕을 하였지만, 대부분의 양색시 누나들은 손을 흔들며 그냥 웃고 지나갔습니다. 가끔씩은 미군들로부터 얻은 이름 모를 껌을 나누어 주는 양색시 누나들도 있었습니다. 사실 우리가 '양색시 궁둥이는 씰룩씰룩'이라고 놀린 것은 양색시 누나들을 싫어하거나 미워해서가 아닙니다. 우리가 양색시 누나들을 놀린 것은 누나들이 웃으며 손을 흔들어 주는 모습을 보고 싶었기 때문이었습니다. 짙은 화장을 한 양색시 누나들은 미군부대 옆 동네에서 유년 시절을 보낸 우리들의 눈에는 정말 눈부시게 예뻤습니다. 물론, 껌을 얻어먹는 날의 양색시 누나들은 더욱 예뻤지만 말입니다. 그런 날의 양색시 누나들은 정말 천사 같았습니다.

나는 구멍가게 앞에 섰습니다. 구멍가게 미닫이문의 창에는 붉은 색 페인트로 '담베'라고 서툰 글씨로 씌어져 있습니다. 나는 문을 열고 들어갑니다. 마음씨 좋은 담배 가게 아줌마는 나를 보고 말합니다.

"중호 왔구나, 아버지 심부름 왔니?"

"네."

아줌마는 익숙한 손길로 십삼 원이나 하는 진달래 담배

와 함께 거스름돈 칠 원을 내어줍니다. 아버지는 항상 진달래 담배를 피웠습니다. 나는 아버지가 항상 칠 원짜리 나비 담배를 피우기 바랐습니다. 왜냐하면 아버지가 나비 담배를 피우시면, 삼 원은 꼭 내게 주실 것 같은 생각이 들었기 때문입니다. 진달래 담배를 사고 남은 칠 원은 아버지가 어린 내게 주시기에는 매우 큰돈이었기 때문에 칠 원을 줄 가능성은 없었기 때문입니다. 아무런 근거도 없이 그때는 그저 그렇게 생각하고 믿었습니다. 그러나 아버지는 한 번도 나비 담배를 피우시지 않았습니다. 언제나 진달래 담배를 사오라고 말씀하셨습니다. 유년 시절의 아버지는 진달래 담배의 매케한 연기와 함께 남아 있습니다. 그 진달래 담배의 매케한 연기도 그립습니다.

진달래 담배를 사 가지고 집으로 돌아가는 길에 아이들이 나를 부릅니다.

"중호야, 우리 개울 가는데 같이 안 갈래?"

"아버지 담배 갖다 드리고 올게."

나는 뛰어 집으로 향합니다. 뛰어가는 내 등 뒤로 동네 꼬마들이 부르는 노랫소리가 들려옵니다. 발소리에 맞추어 박자를 맞추며 노래합니다.

"원숭이 똥구멍은 빠알게

빨가면 사과

사과는 맛있어

맛있으면 빠나나

빠나나는 길어

길으면 기차

기차는 빨라

빠르면 비행기

비행기는 높아

높으면 백두산

백두산 뻗어내려 반도 삼천리

무 구우웅화 이 강산은…"

내 영혼이 따뜻했던 날들

개울에는 종종 나무상자가 떠내려왔습니다. 소년이 되고, 청년이 되
며 나무상자의 의미를 이해하게 되면서 그 기억들은 더욱 생생해졌
습니다. 그 기억들은 내 삶의 일부가 되었습니다. 눈물을 알게 해준
일들이었습니다. 하지만, 그로 인해 내 영혼은 조금씩 더 따뜻해졌
습니다.

"헬로우, 기브미 찹찹!"

"헤이, 양키! 사탕, 껌이라도 좋아."

동네 꼬마들은 골목길에 앉아 있다가 우리들의 천사인 양색시 누나들 집에서 나오는 미군 병사들을 따라가며 소리를 질렀습니다. 나는 목청껏 소리 질렀습니다. 우리는 그들을 양키라고 부르는 것이 그들을 멸시하는 욕이라는 것을 알지도 못하고 히히덕거리며 온갖 아양을 떨곤 하였습니다. 대부분의 미군 병사들은 화를 내며 우리를 쫓았습니다.

"갓 뗌! 갯어웨이!"

손을 휘휘 저으며 우리에게 달려올 듯이 똥폼을 잡았습니다. 우리는 그럴 때마다 우르르 도망쳤지만 미군 병사들이 돌아서기만 하면 다시 따라가며 외쳤습니다.

"헬로우, 기브미 찹찹!"

"헤이, 양키! 사탕? 껌? 오케이."

대개는 그러한 끈질긴 노력에도 불구하고 아무 소득도 없었습니다. 그러나 가끔은 위스키가 들어 있는 사탕을 얻어먹게 되는 날도 있었습니다. 미군 병사들은 주머니에서 사탕을 몇 알씩 꺼내어 손에 쥐고는 멀리 뿌렸습니다. 우리는 그 사탕을 주워먹기 위해 달리기 시합을 해야 했습니다. 이번에는 미군 병사들이 사탕을 주워먹기 위해 달려가는 우리들을 보며 히히덕거렸습니다. 그러나 우리는 미군 병사들의 웃음에는 신경 쓰지 않았습니다. 신경 쓸 여유도 없었습니다. 미군 병사들이 아무리 웃더라도 우리는 사탕만 던져주면 좋았고, 사탕을 하나라도 더 줍기 위해 바빴습니다.

군것질 할 돈도, 군것질거리도 없었던 60년대 초반의 가난한 시대를 살았던 아이들에게 미군 병사들이 던져주는 사탕은 유일한 군것질거리였습니다. 우리는 죽기 살기로 달려가 사탕을 주웠습니다. 사탕을 주운 아이는 의기양양했지만 줍지 못한 아이는 침을 꼴깍꼴깍 넘기며 다른 아이

들이 먹는 것을 구경해야만 했습니다. 사탕을 주울 수 있
는 날은 정말 운이 좋은 날이었습니다. 사탕을 입 안에 넣
어 어금니에 물고는 '딱~!' 하고 깨물어 먹을 때 '짜르르'
하고 혀를 우려내듯 하던 위스키의 맛은 언제나 우리를 황
홀하게 하였습니다. 어른이 되고 미군 병사들이 던져주던
사탕의 의미를 알게 된 후로는 그 시절을 떠올릴 때마다
서글퍼지곤 하였습니다. 어른이 되어 간다는 것은 슬픔과
의미를 알아가는 것인지도 모르겠습니다. 항상 우리를 알
딸딸하게 만들어 주던 기분 좋은 사탕의 추억도 슬픔에 하
나씩 잊혀져갔으니 말입니다.

'쨍~' 소리를 내며 유리창이 깨어질 것만 같이 햇살이
뜨거웠던 어느 여름날 오후였습니다. 우리는 그날도 미군
병사들을 따라다니며 위스키가 들어 있는 사탕 몇 알을 얻
어먹고는 물놀이를 갔습니다. 노래를 부르며 물놀이를 합
니다.

"원숭이 똥구멍은 빠알게
 빨가면 사과

사과는 맛있어
맛있으면 빠나나
빠나나는 길어
길으면 기차
......
백두산 뻗어 내려 반도 삼천리
무우 구웅화 이 강산은…"

힘차게 노래를 부르며 발 맞추어 내려갑니다. 양색시 누
나들의 집들 사이로 난 좁다란 골목길을 일렬로 줄 맞추어

내려갑니다. 시냇가가 보이자 아이들은 '와~' 소리를 지르며 뛰어갑니다. 아이들의 함성 소리에 수초 위에 앉아 쉬고 있던 담갈색의 날개옷을 입은 수백 마리의 물잠자리들이 날아오릅니다. 수백 마리의 물잠자리들이 날아오르는 모습은 너무도 아름답습니다. 마치 하늘도 시냇물도 담갈색으로 변하는 것만 같습니다. 어쩌면 그렇게 소리도 없이 아름답게 날아오를 수 있는지 나는 볼 때마다 너무나 신기하였습니다.

그 시절의 모든 아이들이 다 그러했겠지만 나는 특히 잠자리를 좋아하였습니다. 잠자리가 날아오르는 모습을 보면 마치 내가 날아오르는 것만 같았습니다. 잠자리 날개를 타고 어디든지 갈 수 있을 것만 같았습니다. 물잠자리들 사이로 밀잠자리도, 말잠자리도 있습니다. 그 모든 잠자리들 위로 잠자리들의 왕인 왕잠자리가 유유히 비행을 합니다. 나는 잠자리들 중에 물잠자리를 가장 좋아하였습니다. 하지만 왕잠자리도 좋아했습니다. 내가 왕잠자리를 좋아하게 된 것은 왕잠자리가 나의 왼 손등에 있던 사마귀를 뜯어먹었기 때문입니다. 나의 왼 손등에는 언제부터인가 사마귀가 생겼습니다. 사마귀는 점점 자랐습니다. 나는 동네 담배 가게 아줌마에게 왕잠자리가 사마귀를 뜯어먹는다는 이야기를 들었습니다. 나는 왕잠자리를 잡기 위해 여러 날을 헤맸습니다. 동네 형들도 나와 같이 왕잠자리를 잡으러 다녔습니다. 그러던 어느 날 우리는 드디어 왕잠자리를 잡았습니다. 나는 왕잠자리의 날개를 오른 손가락 사이에 끼고는 왼 손등에 나 있는 사마귀에 왕잠자리의 입을 갖다 대었습니다. 우리들 모두는 긴장하여 왕잠자리를 바라보았습니다. 왕잠자리가 정말 사마귀를 뜯어먹는지 너무도 궁금하였기 때문입니다.

"야, 먹는다. 먹어!"

왕잠자리는 정말 사마귀를 뜯어먹었습니다. 따금따금거리고 매우 아팠지만 나는 용감하게 참았습니다. 사마귀가 없어질 수 있다면 그 정도의 아픔은 참을 수 있었습니다. 나는 그날 이후에도 여러 번 왕잠자리가 사마귀를 뜯어먹게 하였습니다. 그해 여름이 다 지나갈 무렵 사마귀는 거짓말 같이 없어졌습니다. 나는 정말 왕잠자리가 고마웠습니다. 그 이후부터 나는 물잠자리와 함께 왕잠자리도 좋아하게 되었습니다.

아이들은 바지를 훌렁훌렁 벗어던지고는 시냇물로 뛰어들었습니다. 나는 냇가 기슭에 앉았습니다. 냇가 귀퉁이의 물웅덩이 위에 떠 있는 소금쟁이를 바라봅니다. 오줌싸개는 한가로이 떠다니다가는 가볍게 물 위를 차고 뛰어올라 자리를 옮깁니다. 그 행동이 너무도 가벼워 움직인 것 같지 않은 착각이 듭니다.

"중호야, 빨리 들어와. 뭐하냐?"

형들이 나를 부릅니다. 나도 바지를 벗고 시냇물로 뛰어들었습니다. 나는 형들이 물고기를 몰아주면 작은 그물을 들고 있다가 재빠르게 들어 올리곤 하였습니다. 우리는 신나게 놀았습니다. 물고기도 제법 많이 잡았습니다. 해가 피곤한 몸을 쉬러 들어가려 할 즈음에 우리는 냇가로 나왔습니다.

"중호야, 네 다리에 거머리 붙었다."

내 오른쪽 정강이에 거머리가 붙어 있었습니다. 얼마나 오래 전부터 붙어 있었던지 아무리 잡아당겨도 떨어지지 않았습니다. 불을 지펴 불로 지지고 나서야 거머리는 떨어졌습니다. 거머리를 떼어낸 자리에는 검붉은 피가 흘러내렸습니다. 우리는 거머리의 껍질을 홀라당 벗기고는 불에 태워 죽였습니다. 우리는 집으로 돌아가기 위해 일어섰습니다. 그때 내 눈에 시냇물 위로 떠내려오는 작은 나무 상자가 보였습니다.

"형들아, 저게 뭐지?"

모두들 나무 상자를 바라보았습니다. 그것은 사과 궤짝 같이 생긴 나무 상자였습니다. 우리는 모두들 나무 상자가 무엇인지, 그 안에 무엇이 들어있는지 궁금하였습니다. 4학년 곰보 형이 나무 상자를 건져왔습니다.

"열어봐도 될까?"

내가 말하였습니다.

"뭐 흘러온 것인데 열어봐도 되겠지."

곰보 형이 대답하였습니다. 나무 상자는 내가 보기에도 허술하게 덮혀 있었습니다. 곰보 형은 돌을 주워 나무 상자를 덮은 얇은 판자를 부수고는 손으로 뜯었습니다. 상자 안에는 조그만 바구니가 들어 있었습니다. 바구니 위에는 하얀 천이 덮혀 있었습니다. 우리 모두는 더욱 궁금하였습니다. 곰보 형은 하얀 천을 들어냈습니다. 천 아래에는 아기가 자는 듯이 반듯이 누워 있었습니다. 아무도 가르쳐 준 적도 없고, 죽은 아기를 본 적도 없지만, 자고 있는 것은 아니라는 것을 알 수 있었습니다. 아기는 죽어 있었습니다. 아무도 말을 하지 않았습니다. 정적만 감돌았습니다. 무서웠습니다. 나는 죽음의 의미도 알지 못하면서도 무서웠습니다. 괜히 눈물이 났습니다.

곰보 형이 침묵을 깨고 말했습니다.

"여기들 있어. 나 파출소에 가서 순경 아저씨 데려올게."

순경 아저씨를 데리러 가는 곰보 형의 등이 노을로 붉게 물들었습니다. 아기가 들어 있는 나무 상자를 둘러선 우리들 사이로 어스름이 조금씩 스며들고 있었습니다.

참으로 가슴 저미게 아픈 유년 시절의 추억입니다. 잊히지 않는 유년 시절의 흔적입니다. 나는 소사(지금의 부천)에서 지냈던 유년 시절 동안 나무 상자에 담겨 있던 아기들을 많이 보았습니다. 그런 일이 반복되면서 나는 그 일의 의미를 조금씩 깨닫기 시작했습니다. 슬픈 깨달음이었습니다. 나는 그러한 깨달음을 조금씩 가지게 되면서 아버지가 담배 피우시는 것을 이해하기로 하였습니다. 아버지가 담배를 피우시는 것이 나무 상자에 누워 있던 아기와는 아무 상관이 없었겠지만 말입니다. 그냥 그렇게 생각하였습니다.

소사의 미군 부대 옆에서 유년 시절을 보낸 나는 나무 상자에 담겨 떠내려오던 많은 죽음들을 보며 자랐습니다. 아픔을 알고, 아픔의 의미를 깨달으며 성장해갔습니다. 나는 그 일들을 기억하고 싶지 않았지만 키가 자람에 따라 그 기억도 함께 자랐습니다. 함께 자라며 나는 그 일들의 의미를 분명히 깨닫게 되었습니다. 그 일들의 의미를 깨닫기 시작한 이후로는 그 일들을 잊으려고 애쓰지 않았습니다. 내가 살아온 삶의 일부로 소중히 간직하기 시작하였습니다. 생각해보면 많은 아픔이 있는 유년 시절이었지만, 그래도 내 영혼이 조금은 따뜻했던 날들이었습니다. 눈물이 있었으니 말입니다.

그때 내 눈에 시냇물 위로 떠내려오는 작은 나무 상자가 보였습니다.
"형들아, 저게 뭐지?"
모두들 나무 상자를 바라보았습니다.
그것은 사과 궤짝 같이 생긴 나무 상자였습니다.
우리는 모두들 나무 상자가 무엇인지,
그 안에 무엇이 들어있는지 궁금하였습니다.

셋째 이야기

그리움의 흔적

초등학교 일학년 교실 지붕은 루핑으로 덮여 있었습니다. 지금도 빗소리 들리면 루핑 지붕으로 떨어지던 빗소리가 들려옵니다. 널빤지로 얼기설기 엮어 놓은 교실 벽 사이로 들이치던 빗줄기들도 생각납니다. 그리움의 흔적들입니다. 유년 시절은 삶에서 유일하게 시간이 멈춘 공간입니다. 그래서 가슴 한 켠에 지워지지 않는 흔적으로 남아 있습니다. 그것이 어찌 교실에 대한 그리움이겠습니까. 그 날들이 그립습니다.

지금까지도 가슴속에 남아 있는 선생님이 한 분 계십니다. 초등학교 1학년 때의 담임선생님이십니다. 저는 소사 남초등학교를 다녔습니다. 다녔다고 해봐야 1학년 2학기를 채 마치지 못하고 전학을 하였으니 일 년도 다니지 못하였습니다. 당시 소사 남초등학교에는 구멍이 세 개씩 숭숭 뚫린 블록을 쌓아올려 지은 교실과 널빤지를 얼기설기 이어지은 창고 같은 시설을 교실로 사용하였습니다. 블록으로 지은 건물은 주로 고학년들이 사용하였습니다. 널빤지를 이어 얼기설기 만든 허름한 창고 교실은 저학년들이 사용하였습니다. 널빤지도 나무인데, 나무로 지어졌다고 하니 조금은 낭만적으로 생각하실 분들이 계실 듯도 합니다. 하지만 지금 생각해 보아도 그리 낭만적이지는 않았습니다.

기둥으로 세운 각목들 위로 규격도 들쑥날쑥 저마다 다른 널빤지들을 잇대어 연결한 후 옻칠을 하였는데 널빤지마다 사이가 들떠서 바람이 숭숭 들어오곤 하였습니다. 널빤지마다 옹이들이 빠져나간 구멍들도 많았습니다. 여름날 비라도 세차게 내리는 날이면 교실은 아수라장이 되었습니다. 흙바닥 교실은 진흙탕이 되었고, 비가 들이쳐 옷도 책도 젖어 공부를 할 수도 없었습니다. 물론, 노는 데에만 정신이 팔려있던 시골학교 1학년들에게는 나쁘지만은 않은 일이기도 했습니다. 그렇지 않아도 하기 싫은데 할 수 없게 되었으니 말입니다.

벽에는 미닫이 창문도 있었습니다. 창문에는 선생님이 집에서 만들어 오신 커튼이 걸려 있었습니다. 참으로 예쁜 커튼이었습니다. 그런데 이 창문이 또 걸작입니다. 우리들은 모두 이 창문들 중의 하나를 귀신 붙은 창문이라고 불렀습니다. 보통 귀신이 아니라 공부하기 싫어하는 귀신입니다. 왜냐하면 바람이 좀 심하게 부는 날이면 이 창문이 어김없이 교실 안으로 와장창하고 떨어졌기 때문입니다. 교실은 비명 소리, 함성 소리로 순식간에 난장판이 되었습니다. 제가 소사 남초등학교에서 지낸 한 번의 여름에도 귀신이 붙은 창문은 서너 번이나 떨어져 내렸습니다. 창문이 자꾸 떨어져 내리자 학교에서는 창문을 아예 못으로 박아버렸습니다. 다시는 떨어지지 않도록 말입니다. 그때의 아쉬움과 비통함이 얼마나 컸던지 지금까지도 느껴질 정도입니다. 우리들은 창문이 다시는 떨어져 내리지 않을 것을 알면서도 공부가 하기 싫은 날이면 대못 박힌 창문을 바라보며 기적이 일어나기를 기대하곤 하였습니다. 하지만 공부하기 싫은 귀신이 붙었던 창문은 대못이 박힌 후로는 한 번도 떨어지지 않았습니다. 언제나 우리들의 간절한 기대를 배신하였습니다. 우리들은 못이 귀신의 대갈통이나 심장에 박혀서 죽어버린 것이 틀림없다고 떠들었습니다.

그 시절을 생각하면 노인이 되어가는 이 나이에도 그 교실에 앉아 있는 것만 같습니다. 널빤지를 이어 만든 창고 교실의 모든 것이 그립고, 귀신 붙은 창문도 그립지만 특별히 더욱 그리운 것이 있습니다. 그것은 비가 많이 오는 날 교실 지붕을 때리던 빗방울 소리입니다. 교실의 지붕은 루핑으로 덮여 있었습니다. 루핑이 바람에 날아가는 것을 방지하기 위해 돌도 올려놓았습니다. 비가 많이 오는 날

비가 많이 오는 날,
루핑을 두들기는 빗방울들의 연주는 너무나 듣기 좋았습니다.
'탁, 탁, 탁, 탁 탁티디탁탁 탁탁탁.'

루핑을 두들기는 빗방울들의 연주는 너무나 듣기 좋았습니다.

'탁, 탁, 탁, 탁 탁티디탁탁 탁탁탁.'

빗방울들은 리듬을 탑니다. 운율에 맞추어 노래를 하는 것만 같습니다. 그런 날이면 나는 빗방울들의 노랫소리를 듣느라 선생님의 말소리가 하나도 들리지 않았습니다.

그날은 장대비가 내렸습니다. 여름 장마가 본격적으로 시작되었습니다. 앞이 보이지 않을 정도로 비가 내렸습니다. 어머니께서 막내아들 걱정에 학교에 가지 말라고 하실 정도로 많은 비가 내렸습니다. 하늘이 뚫린 것 같았습니다. 어머니는 막내인 나를 낳으신 직후 아버지의 사업이 실패하면서 몸에 병을 얻으시어 여러 해 동안 산에서 요양을 하셨습니다. 아기 때부터 여러 해 동안 떨어져 있던 나를 어머니는 언제나 측은한 눈초리로 바라보시곤 하였습니다.

비가 너무 많이 오니 나도 한편으로는 학교에 가고 싶지 않은 생각이 들기도 하였습니다. 그러나 교실 지붕의 루핑을 두들기며 노래하는 빗방울들의 노랫소리를 생각하면 도저히 학교에 가지 않을 수가 없었습니다. 용기를 냈습니다. 아버지가 미군 부대에서 얻어 오신 아이들용 우비를 쓰고 집을 나섰습니다. 장화를 신고 진흙탕이 된 길을 용감하게 걸어갔습니다. 비는 무서울 정도로 쏟아졌습니다. 우비를 입었지만 별 소용이 없습니다. 몸은 다 젖었습니다. 드디어 학교에 도착하였습니다. 나는 교실 문을 힘차게 열며 말하였습니다.

"안녕하세요. 선생님!"

"와르르, 까르르."

아이들의 웃음소리가 교실을 흔들어 놓습니다. 나는 교실 안을 들여다보는 순간 깜짝 놀랐습니다.

'아니, 이게 어떻게 된 일이야?'

나는 혼잣말을 하며 교실을 찬찬히 둘러보았습니다. 책상마다 아이들이 빼곡히 앉아 있습니다. 도저히 있을 수 없는 일이 눈앞에서 벌어지고 있었습니다. 루핑을 두들기는 빗방울 소리를 듣기 위해 한 시간이나 일찍 왔는데 아이들이 벌써 와 있었던 것입니다. 그것도 한두 명이 아니라 거의 모두 출석해 있었습니다.

"중호야, 이제 오니? 오후반인지 알았나 보구나. 오늘은 오전반이었단다. 이제라도 왔으니 어서 자리에 앉아라."

얼굴에 예쁘게 주근깨가 앉은 선생님이 고운 목소리로 말씀하셨습니다.

아이들은 뭐가 그리 재미있는지 책상을 치고 발을 구르며 웃습니다. 나는 내 책상에 앉았습니다. 책상에 앉자마자 반장이 일어나 인사를 합니다. 종례도 벌써 다 끝났습니다.

"차렷! 선생님께 경례!"

"선생님, 안녕히 계세요."

나는 아이들과 함께 속절없이 인사만 하였습니다. 아이들은 모두 집으로 돌아갔습니다. 비가 많이 오는 날은 교실 바닥이 진흙탕이 되었기 때문에 그날은 청소도 하지 않았습니다. 나는 혼자 앉아 빗방울들의 노랫소리를 듣고 있었습니다.

그때 선생님이 다시 교실로 들어오셨습니다.

"중호가 아직 안 갔구나. 뭐하고 있니?"

"그냥요…."

"학교에 늦게 온 것 때문에 그러니? 아이들이 놀려서 화났니?"

"아니에요."

나는 모기 소리만한 목소리로 대답하였습니다.

"점심밥 안 먹었지? 선생님은 밥 먹으러 갈건데 같이 가서 먹자."

"아니에요, 괜찮아요."

"아니야, 괜찮아. 어서 일어나라."

선생님은 내 손을 잡으시며 말씀하셨습니다. 너무나 부드럽고 고운 손이었습니다. 어머니의 투박한 손하고는 도저히 비교할 수도 없는 감촉이었습니다. 나는 순간 얼굴이 빨개지고 가슴이 쿵쾅쿵쾅 뛰었습니다. 나는 선생님을 무척 좋아했습니다. '꽃'자를 잘 쓴다고 선생님이 나를 칭찬하시며 머리를 쓰다듬어주시던 순간부터 나는 선생님이 너무나 좋아졌습니다. 선생님과 나는 비닐우산을 함께 쓰고 운동장을 걸어갔습니다. 선생님은 내 손을 꼭 잡고 계셨습니다. 나는 손을 빼고 싶었지만 도저히 손을 뺄 용기도 나지 않았고, 손을 뺄만한 힘도 없었습니다. 온몸에 힘이 다 빠져나가버렸습니다. 선생님은 내 손을 꼭 잡으신 채로 학교 앞 중국집으로 들어가셨습니다.

그날 나는 태어나서 두 번째로 짜장면을 먹었습니다. 초등학교에 입학하던 날 아버지가 사 주신 짜장면 이후로 처

음이었습니다. 아버지가 사 주신 짜장면을 먹어 본 이후로
는 짜장면을 한 번만이라도 더 먹어보는 것이 소원이었습
니다. 한 그릇은커녕 젓가락질 한 번이라도 해 보는 것이
소원이었는데 짜장면 한 그릇을 혼자 다 먹었습니다. 학
교에 늦게 와 아이들의 웃음을 샀던 일은 깨끗이 잊어버
렸습니다. 정말 너무도
감동적인 짜장면 맛

그날 나는 태어나서 두 번째로
선생님이 사 주신 짜장면을 먹었습니다.
정말 너무도 감동적인 짜장면 맛이었습니다.

이었습니다. 더구나
선생님과 함께 먹으
니 더욱 맛있었습니
다. 선생님은 내가 서
울로 전학을 가게 되
었을 때에도 짜장면을
사 주셨습니다.

　나는 살아오는 날들 동안 종종 선생님을 생각했습니다.
그리웠습니다. 한 번만이라도 꼭 찾아뵙고 싶었습니다. 하
지만 그리하지 못했습니다. 이십 대 중반의 어느 해 여름
인가에는 기억을 되살려 묻고 물어 소사 남초등학교를 찾
아갔습니다. 동네도 학교도 도저히 알아볼 수가 없었습니

다. 학교는 방학중이었습니다. 공교롭게도 교무실에는 선생님이 한 분도 계시지 않았습니다. 저는 학교만 돌아보았습니다. 어린 시절에 보았던 학교나 교실의 모습은 어디에도 없습니다. 널빤지를 이어 지은 창고 교실의 자리가 어디인지도 알 수 없었습니다. 그대로 학교를 떠났습니다. 집으로 가기 위해 전철을 탔습니다. 선생님을 찾기 위해 어렵게 간 길인데 뵙지도 못하고 돌아가고 있었습니다. 가방에는 초등학교 입학 때 선생님과 함께 찍은 빛바랜 사진이 들어 있었습니다. 그 사진을 보여주고 선생님이 계신 곳을 찾아보려 했는데 그렇게 하지 않았습니다. 왜 그런 마음이 들었는지, 그 순간에는 알 수 없었지만 텅 빈 교무실을 보는 순간 선생님을 찾지 않는 것이 좋겠다는 생각을 하게 되었습니다. 전철을 타고 집으로 돌아가며 왜 그런 생각이 들었는지 생각했습니다. 나는 선생님을 찾으러 간 것이 아니었습니다. 그리움의 흔적을 찾으러 간 것이었습니다. 그런데 현대식으로 변한 텅 빈 교실과 교정 어디에서도 그리움의 흔적은 찾을 수 없었습니다. 아마도 두려웠던 모양입니다. 선생님을 찾는다는 것이 말입니다. 선생님에게서도 그리움의 흔적을 발견하지 못하면 어찌할까 두려웠던 것 같습니다. 내 삶의 소중한 그리움의 중요한 흔적이고 아름다웠던 시절의 일부가 사라질까 봐 두려웠던 것 같습니다. 그리움은 그리움으로 남아 있을 때 아름다울 수 있는 것입니다. 선생님과 함께 먹던 그 짜장면의 맛을 다시는 맛볼 수 없는 것처럼 말입니다.

넷째 이야기

아버지와 장마

무섭고 어렵기만 하던 아버지의 어깨에 올라탄 나는 세상을 다 얻은 듯했습니다. 순식간에 마을을 집어삼킨 물줄기도 두렵지 않았습니다. 두 다리를 통해 느껴지는 아버지의 체온은 따뜻하기만 했습니다. 나는 아버지의 어깨 위에 올라앉아 발가락을 까닥이며 마음으로 노래 불렀습니다. '맨날 장마였으면 좋겠네, 장마였으면 좋겠네…' 하고 말입니다.

나의 유년 시절에 있어서 아버지는 늘 두렵고 무서운 존재
였습니다. 언제나 말이 없으셨습니다. 눈길 한 번 따뜻하게
주시는 적이 없었습니다. 두툼한 입술은 언제나 닫혀 있었
습니다. 아버지의 침묵은 검붉은 피부색과 단단한 근육 그
리고 듬성듬성 자란 턱수염과 잘 어울려 권위를 더해주었
습니다. 아버지는 가끔 고모부나 친구분들과 마작을 하며
어울리셨습니다. 나는 마작을 하시는 아버지의 모습을 훔
쳐보곤 하였습니다. 친구분들과 어울리셨을 때에도 말이
없으신지 너무나 궁금했습니다. 마작을 하시는 동안에도
별로 말이 없으셨습니다. 그러나 가끔씩은 사람들의 왁자
지껄한 웃음소리를 뚫고 호탕한 웃음소리가 들려오곤 했
습니다. 나는 아버지의 호탕한 웃음소리를 들을 때면 나를

향해서도 그렇게 웃어주시기를 바랐습니다. 하지만 아버지는 언제나 내 기대와는 다르게 행동하셨습니다. 나를 보며 웃어주시지도 않았고, 말을 건네시지도 않았습니다. 나에 대한 태도는 한결같았습니다. 그래서 나는 한때 고모가 나를 놀리느라고 하신 말씀을 그대로 믿기도 하였습니다. 고모는 심심하시기만 하면 '너는 다리 밑에서 주워 왔다'고 말씀하시며 놀리셨습니다. 고모는 나를 놀릴만한 다른 말은 전혀 알지 못한다는 듯이 나를 놀리고 싶으실 때마다 그 말을 하셨습니다. 그래서 나는 고모가 입을 열 눈치를 보이면 '나는 다리 밑에서 주워 왔지요?'라고 먼저 말하기도 하였습니다.

그렇다고 아버지가 내게 한마디도 하지 않으신 것은 물론 아닙니다. 담배 심부름을 시키느라고 아버지는 나를 부르시곤 하셨습니다.

"중호야!"

"예."

"담배 좀 사 와라."

"예."

나는 아버지의 담배 심부름을 하는 것이 좋았습니다. 담

배 심부름을 시키느라고 나를 부르실 때는 그래도 조금은
부드러운 목소리로 내 이름을 불러주셨기 때문이고, 담배
를 사고 남은 동전의 감촉을 잠시라도 마음껏 느낄 수 있
는 유일한 기회였기 때문입니다. 내 손 안에서 짤랑거리던
그때의 동전 소리가 지금도 귓가에 남아 있습니다.

소사에서의 유년 시절 동안 아버지가 나를 향해 크게 웃
으셨던 일이 딱 한 번 있었습니다. 우리 형제는 오남매였

머리를 깎던 날, 우리는 죽다 살아났습니다.
아저씨들은 정비를 하지 않아 거의 녹이 슨 바리캉을 들고는
우리 머리카락을 죄다 뽑아 버렸기 때문입니다.

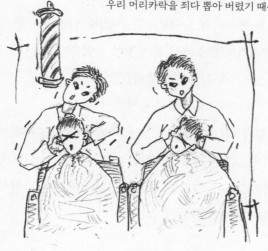

습니다. 아들 셋에 딸이 둘이었습니다. 큰누나는 연자, 큰형은 중범이, 작은누나는 연숙이, 그리고 작은형인 중기와 나 중호입니다. 나는 바로 위인 중기 형과 친했습니다.

어느 날 중기 형과 나는 정말 오랜만에 머리를 깎으러 이발소에 갔습니다. 늘 빡빡머리였던 우리가 처음으로 스포츠 머리로 깎는 날이었습니다. 난생 처음 당시 유행하던 스포츠 머리로 깎는다고 작은형과 나는 신이 났습니다.

"아저씨, 우리 왔어요!"

중기 형과 나는 합창을 하듯이 외치며 이발소 문을 힘차게 열어젖혔습니다.

"중기 왔구나, 중호도 같이 왔네. 둘 다 머리 깎을 거니?"

이발소 아저씨가 물어봅니다. 이발소 아저씨는 두 명입니다. 형제가 이발소에서 함께 일하고 있습니다.

"예. 스포츠 머리로 깎아주세요."

우리는 다짐을 하듯 힘주어 말합니다.

작은형과 나는 나란히 이발소 의자에 앉았습니다. 이발소 아저씨들은 우리 둘을 앉혀 놓고 누가 먼저 깎는지 시합을 하였습니다. 머리를 적신 물수건이 세면대로 휙휙 소리를 내며 날아갑니다.

그날 이후로 작은형과 나는 한동안 이발소에 가지 않았습니다. 왜냐하면 그날 우리는 죽다 살아났기 때문입니다. 아저씨들은 정비를 하지 않아 거의 녹이 슨 바리캉을 들고는 우리 머리카락을 죄다 뽑아 버렸기 때문입니다. 아저씨들이 바리캉으로 우리의 머리카락을 잡초 뽑듯이 뽑아낼 때마다 우리는 비명을 질렀습니다. 아저씨들은 우리가 비명을 지를 때마다 우리의 뒤통수를 가볍게 치시며 말하였습니다.

"사내자식들이 엄살 좀 그만 떨어라."

"좀 참아라. 짜장면 내기다. 내가 이기면 너도 짜장면 먹게 해줄게."

작은형과 나는 사내자식 체면과 짜장면에 홀려 머리카락이 바리캉에 쥐어뜯기는 고통을 참아냈습니다. 그리고 그 대단한 인내의 결과 짜장면을 한 젓가락씩 얻어먹었습니다. 뽑혀져나간 머리카락의 모공에선 피부가 상했는지 군데군데 피가 배어나왔습니다. 우리는 그날 큰 선물을 받았습니다. 기계충에 걸렸습니다. 머리카락이 쥐어 뽑히는 고통을 참으며 짜장면 한 젓가락을 얻어먹은 대가치고는 너무나 혹독하였습니다. 작은형과 나는 그토록 자랑스러

위하던 스포츠 머리를 깨끗이 밀었습니다. 다시 빡빡머리
로 돌아간 것입니다. 물론 머리의 군데군데에 소독약을 발
랐습니다. 정말 몰골이 가관이었습니다. 우리는 거울 앞에
서서 서로를 쳐다보며 히죽거리곤 하였습니다.

그날도 우리는 마루에 걸려 있는 거울 앞에 서서 서로를
쳐다보며 히죽거리고 있었습니다. 그때 아버지가 들어오
셨습니다. 아버지는 우리들의 모습을 한참 동안 바라보셨
습니다. 우리가 머리카락을 쥐어뜯기고 다시 까까머리가
된 지 며칠이 지났건만 그제서야 아버지는 우리들의 모습
을 보신 것입니다. 우리를 말없이 쳐다보시던 아버지는 큰
소리로 웃으셨습니다.

"푸하하하."

아버지의 눈에도 우리의 몰골은 너무도 우스웠던 모양
입니다. 아버지가 그렇게 호탕하게 웃으시는 모습은 정말
오랜만이었습니다. 참으로 유쾌한 웃음이었습니다. 작은형
과 나도 죄 없는 빡빡머리를 손바닥으로 문지르며 아버지
를 따라 웃었습니다.

나는 유년 시절 내내 아버지와 다정한 대화를 나눠보고
싶었습니다. 아버지와 함께 짜장면 먹으러 가고 싶었습니

다. 아버지 손을 잡고 걸어보고 싶었습니다. 다른 아이들처럼 아버지의 등에 한 번 업혀보고 싶었습니다. 하지만 먼저 그런 말을 하지는 않았습니다. 아버지가 무서워서가 아니라 왠지 그런 말을 하면 안 될 것 같았습니다. 그렇게 소사 시절이 흘렀습니다. 우리 집은 소사를 떠나 서울 충무로로 이사하였습니다. 그리고 다시 동대문구 답십리로 이사를 하였습니다. 그 당시 답십리는 완벽한 시골이었습니다. 우리 동네에는 일곱 집이 전부였습니다. 집 주위로는 논과 밭뿐이었습니다. 겨울이면 얼어붙은 논에서 썰매를 탔습니다.

답십리로 이사 온 지 두세 해 지난 어느 여름 날 연일 하루 반나절 쏟아진 장맛비에 뚝섬의 둑이 와르르 무너졌습니다. 장안벌이 모두 물에 잠겼다는 소식이 들려왔습니다. 우리 동네에도 곧 물이 들이닥칠 것이라는 이야기가 들려왔습니다. 피난을 가는 집들도 있었습니다. 그러나 아버지는 하루 더 머물며 상황을 지켜보기로 하셨습니다. 그날 저녁까지도 동네에는 물이 들어오지 않았습니다. 유사시를 대비해 간단히 피난 짐을 쌓아 놓고 잠자리에 들었습니다. 뚝섬의 방파제를 무너뜨린 물은 새벽에 동네를 덮쳤습니다. 순식간에 물이 집 안으로 들어오기 시작하였습니다. 부엌의 하수구에서도 물이 역류하기 시작하였습니다. 방 안에까지 물이 차기 시작했습니다. 아버지는 우리를 깨

아버지의 어깨에 올라앉은 나는 너무도 황홀하였습니다.
장마로 수재민이 생기고, 집이 물에 잠기는 것은
내게는 하나도 중요하지 않았습니다.
내가 아버지의 어깨에 올라타다니 말입니다.
이 세상의 모든 것을 다 소유한 것만 같았습니다.
두 다리를 통하여 느껴지는 아버지의 체온은
너무도 따뜻하였습니다.

우셨습니다. 아버지가 우리를 깨워 짐을 들고 집을 나서는 잠깐 사이에 물은 방 허리까지 차올랐습니다. 하지만 무섭지 않았습니다. 오히려 재미있었습니다.

어머니와 형들은 짐을 머리에 이고 물을 헤치며 동네 밖으로 갔습니다. 물은 형들의 가슴까지 차올랐습니다. 키가 작은 나는 얼굴을 바짝 치켜세우고 한 걸음 한 걸음 나아갔습니다. 그때 앞서 가시던 아버지가 짐을 큰형에게 주시고는 내게로 오셨습니다. 그리고는 나를 번쩍 들어 아버지의 단단한 어깨 위에 올려놓으셨습니다. 아버지의 어깨는 황소의 등짝보다 더욱 단단하게 느껴졌습니다.

아버지의 어깨에 올라앉은 나는 너무도 황홀하였습니다. 장마로 수재민이 생기고, 집이 물에 잠기는 것은 내게는 하나도 중요하지 않았습니다. 내가 아버지의 어깨에 올라타다니 말입니다. 이 세상의 모든 것을 다 소유한 것만 같았습니다. 두 다리를 통하여 느껴지는 아버지의 체온은 너무도 따뜻하였습니다.

아버지가 말씀하셨습니다.

"떨어지지 않게 아버지 머리를 꼭 잡아라."

나는 아버지의 어깨 위에 올라앉아 발가락을 까닥여 장

단을 맞추어 마음속으로 노래하였습니다.

"맨날 장마였으면 좋겠네.
 맨날 장마였으면 좋겠네.
 아버지의 목마를 타고
 맨날 장마였으면 좋겠네."

지금 생각해보면 너무도 철이 없었던 시절이었습니다. 그러나 내게는 정말 잊을 수 없는 그 여름날의 장마였습니다. 나의 유년 시절을 행복하게 만들어주었던 너무도 고마운 장마였습니다. 이제는 뵐 수 없는 아버지의 모습을, 그날 그 장마 속에서 느낀 아버지의 체온을 통해서 만납니다. 아버지의 목마를 탔던 그날의 기억이 지금도 어제처럼 가깝게 있습니다.

일본에 갔다 조선 나와 돈벌이 못해서

그때는 참 이해할 수 없는 일들이 많았습니다. 호야 엄마를 때리던 호야 아빠도 이해할 수 없었고, 맞고 있는 호야 엄마도 이해할 수 없었습니다. 나는 호야 엄마를 사랑했습니다. 너무 어린 시절이라 그것이 사랑인지 몰랐을 뿐입니다. 하지만 호야 아빠의 매질로부터 호야 엄마를 지키기 위해 무엇이든지 할 수 있다고 생각했고, 내 방식대로 애썼으니 그것은 분명 사랑이었습니다. 초등학교 1학년이던 어린 아이가 육십대 후반의 나이가 되었습니다. 한 평생이 다 지났는데도 보고 싶습니다. 거리에서 만나도 알아 볼 수도 없는 호야도, 사랑하던 호야 엄마도, 씨발놈이던 호야 아빠조차도 그립습니다.

유년 시절을 돌아볼 때면 밀물처럼 그리움이 가슴 가득 밀려듭니다. 즐겁고 기뻤던 일들보다는 아련한 슬픔, 미어지는 아픔이었던 순간들이 먼저 생각납니다. 더욱이 애써 잊고 지냈던 아픔의 흔적들을 다시 되새기게 되는 날은 더욱 그리움이 깊어집니다. 너무도 오랜동안 내 인생에 그런 날이 있었는지 잊고 지냈던 날들을, 그날의 일들을 기억하게 되면 그리움은 눈물이 되어 흐르기도 합니다. 그날로 돌아가고 싶어 흘리는 눈물입니다. 그날로 돌아갈 수 없어서 흘리는 눈물입니다. 영혼 깊은 곳에 남아 있던 그날의 아픔이 아직도 눈물로 남아 있기 때문에 흘리는 눈물입니다. 그날들이 참으로 그립습니다.

우리 동네의 개구쟁이들은 벼이삭이 고개를 숙이는 가을이 되면 메뚜기를 잡으러 나가곤 하였습니다. 우리는 언제나 무더운 여름날을 보내며 가을 들녘을 기다렸습니다. 메뚜기 때문이었습니다. 우리의 눈에 비친 가을 들녘은 벼 낱알보다 메뚜기가 많았습니다. 손으로 벼이삭 사이를 훑치기만 하여도 메뚜기들이 서너 마리씩 잡혔습니다. 논두렁을 걸을 때에도 메뚜기를 밟지 않기 위해 매우 조심조심 걸었습니다.

먹을 것이 부족했던 나의 유년 시절에 메뚜기는 훌륭한 영양식이자 주식이었습니다. 우리는 메뚜기를 잡아 구워 먹기도 하고 기름에 튀겨 먹기도 하였습니다. 메뚜기는 반찬으로도 훌륭했습니다. 그래서 공부는 안 하고 놀러만 다닌다고 꾸짖곤 하시던 외할머니도 메뚜기를 잡으러 간다고 하면 아무 말씀도 하지 않으셨습니다. 우리는 한 번 나가면 수백 마리씩 잡았습니다. 우리는 강아지 풀대에 잡은 메뚜기들을 줄줄이 꿰어 허리에 차고는 개선장군처럼 돌아오곤 하였습니다. 허리춤에는 강아지풀에 꿰인 메뚜기들이 출렁거리고, 우리는 악을 쓰고 노래하며 돌아오곤 하였습니다. 허리춤에 매달린 메뚜기의 출렁거림에 따라 노

랫소리는 더 커지고, 커지는 노랫소리에 따라 어깨를 들썩
이며 돌아오곤 하였습니다.

　"일본에 갔다 조선 나와 돈벌이 못해서
　중국집에 팥죽집에 마누라 잡혔네
　모~자는 찌그러져도 정든 모자요
　꼬올~태가 꼴망태가 찌그러졌구나"

　무슨 뜻인지도 잘 모르는 노래를 악을 쓰며 불렀습니다.
그러나 메뚜기를 잡아오는 길에 '일본에 갔다 조선 나와'
를 목 놓아 부르던 유년 시절이 아름다웠던 것만은 아닙니
다. 아이들은 메뚜기를 구워 먹고 튀겨 먹을 생각에 '일본
에 갔다 조선 나와'를 악쓰며 불렀지만 나는 우리집 문간
방에 세 들어 살던 호야 엄마를 생각하며 악쓰고 불렀습니
다. 호야 아버지를 생각하며 악을 쓰며 불렀습니다.

　소사 시절 우리집은 허름하기는 하였지만 그래도 기와
를 얹은 그럴듯한 집이었습니다. 물론 우리 동네의 다른
집들도 다 기와집이었습니다. 우리집 대문 안 문간방에 호

야네가 세 들어 살았습니다. 호야는 나보다 한 살 어렸습니다. 호야는 말이 없었습니다. 호야의 이름은 '호'입니다. 그래서 모두들 '호야'라고 부르곤 하였습니다. 호야의 엄마는 참으로 미인이었습니다. 호야 엄마는 내가 태어나서 만난 모든 여자들 중에서 제일 예뻤습니다. 양색시 누나들도 예쁘지만 호야 엄마에게는 비교할 수가 없었습니다. 그래서 나는 어른이 되어 결혼을 하게 되면 호야 엄마 같이 마음씨 곱고 예쁜 여자 하고 결혼을 하겠다고 생각하곤 하였습니다. 지금도 나는 호야 엄마의 까무잡잡한 피부와 깊은 눈망울을 잊을 수가 없습니다.

호야네는 어느 해 초여름에 우리집으로 들어왔습니다. 호야 엄마와 호야뿐이었습니다. 호야 아버지는 보이지 않았습니다. 그래서 나는 호야네는 아버지가 없는 줄 알았습니다. 호야네가 우리집으로 들어온 지 달포나 지났을까 한참 지난 어느 날 호야 아버지가 나타났습니다. 호야 아버지는 우리 아버지보다 키도 크고 몸집도 더 단단해 보였습니다. 호야 아버지는 우리 아버지보다 더 말이 없었습니다. 인사도 없이 지냈습니다. 며칠에 한 번씩 집에 들어왔

호야 아버지는 소리를 지르며 호야 엄마를 계속해서 때렸습니다.
호야 엄마의 비명 소리가 방문을 넘어 마당에까지 가득 들어차기 시작했습니다.
내 가슴에도 가득하였습니다.

기 때문이기도 하지만 그보다는 호야 아버지가 인사를 하며 지내는 것을 싫어하였기 때문이었습니다. 어느 날 저녁 호야 아버지는 일찍 들어왔습니다. 아버지는 호야 아버지와 막걸리 한 잔 하시겠다고 막걸리 심부름을 시켰습니다. 나는 큰 주전자에 막걸리를 가득 받아왔습니다. 그러나 그날 저녁 호야 아버지는 끝내 오지 않았습니다. 두 번이나 내가 심부름을 하였지만 호야 아버지는 아무런 대답도 하지 않으셨습니다. 호야 엄마가 대신 미안하다고 아버지에게 전하라는 말뿐이었습니다.

그렇게 소 닭 보듯 닭 소 보듯 지내던 호야네와 우리집이 서로를 조금씩 알게 된 사건이 터졌습니다. 여름이 다 지나가던 어느 날 밤, 술이 취해 들어온 호야 아버지가 호야 엄마를 복날 개 패듯 때렸습니다. 호야네 방에는 호야 엄마의 비명과 울음소리가 가득했습니다. 엄마와 할머니가 달려들어 말렸지만 아무 소용이 없었습니다. 호야 아버지의 완력을 도저히 당해낼 수 없었기 때문입니다. 나는 무서운 중에도 호기심에 대문 옆 버드나무에 몸을 숨긴 채 고래고래 소리 지르는 호야 아버지의 고함 소리를 들었습니다.

"이년아, 뭘 잘 했다고 말대꾸야. 하루 종일 집에서 뭐한 다고 그거 하나 준비를 못해. 내가 그것 없으면 밥 못 먹는 걸 잘 알면서도 준비를 안 했단 말이야!"

호야 아버지는 소리를 지르며 호야 엄마를 계속해서 때렸습니다. 호야 엄마의 비명소리가 방문을 넘어 마당에까지 가득 들어차기 시작했습니다. 내 가슴에도 가득하였습니다. 버드나무 옆 토끼장의 토끼들도 비명소리에 놀랐는지 풀을 입에 물고는 눈만 말똥거립니다. 그때 아버지가 들어오셨습니다. 아버지는 들어오시자마자 호야네 방문을 열고 들어가셔서는 호야 아버지를 끌고 나오셨습니다. 호야 아버지는 아버지에게 끌려 나오면서도 호야 엄마에게 갖은 욕을 퍼부었습니다. 열린 문 틈 사이로 쓰러져 울고 있는 호야 엄마의 모습이 눈에 들어왔습니다. 호야는 엄마 옆에 앉아 있습니다. 호야 아버지는 밖으로 나갔습니다. 너무도 놀라서인지 울지도 않고 있던 호야는 호야 아버지가 밖으로 나가자 울음을 터뜨렸습니다. 어머니는 호야 엄마에게 물을 떠다 주신 후 호야를 안고 '울지 마라. 울지 마라' 하시며 등을 쓰다듬어 주셨습니다.

나를 비롯한 우리집 식구들이 호야 엄마가 맞은 이유를

알게 된 것은 며칠이 지나서였습니다. 호야 아버지는 그 며칠 동안 집에 들어오지 않았습니다. 호야 엄마에게 내용을 들은 어머니는 저녁 밥상에서 혀를 차시며 아버지에게 말씀하셨습니다.

"여보, 호야 아범 미친 사람인가 봅니다. 호야 아버지가 호야 엄마를 왜 개 잡듯이 팼는지 아세요? 내 참 기가 막혀서 말이 안 나오네요. 글쎄 메뚜기 반찬을 안 만들어 놨다고 그렇게 때렸답니다. 메뚜기 반찬이 없으면 밥을 못 먹는답니다. 사시사철 메뚜기 반찬을 내놓으라고 저 난리를 친데요. 미친놈이 아니고서야 어떻게 그럴 수 있습니까? 내 참 살다 살다 별 일을 다 보네요."

나는 그날 이후 메뚜기를 잡는데 온갖 노력을 기울였습니다. 호야 엄마에게 갖다 주었습니다. 최선을 다해 메뚜기를 잡았습니다. 매일 수백 마리씩 잡았습니다. 그렇게 잡은 메뚜기를 한 마리도 빠짐없이 호야 엄마에게 갖다 주었습니다. 메뚜기를 먹는 즐거움이 사라졌지만 하나도 아쉽지 않았습니다. 호야 엄마가 매를 맞는 것을 또다시 볼 수 없었기 때문입니다. 사랑이라고 할 수도 없는 어린 시절의 사랑이었지만 나는 내가 좋아하는 호야 엄마가 맞는 것을 다시 또 볼 수는 없었습니다. 그렇다고 내가 메뚜기를 전혀 먹지 못한 것은 아닙니다. 친구들 집에 놀러가서 얻어먹기도 하였고, 친구들이 잡은 메뚜기를 들녘에서 구워 먹기도 하였습니다.

나는 메뚜기를 잡아 허리춤에 매달고 돌아오며 '일본에 갔다 조선 나와'를 목청껏 부를 때마다 '호야 아버지가 정말 일본에 갔다 조선 나와 돈벌이 못해 돌아버린 것이 아닌가' 하고 생각하곤 하였습니다. 온갖 폼을 잡으며 다니는 것도 돈을 못 벌어서 그런 것이라고 생각하였습니다. 그렇게 생각하자 호야 아버지도 조금은 불쌍해 보였습니다. 그렇다고 호야 엄마를 때린 것까지 이해할 수 있는 것은 아니었습니다. 더욱이 메뚜기 반찬을 준비 안 했다고 부인을 때린다는 것은 도저히 이해 할 수 없었습니다.

나는 그 일 후로 메뚜기를 잡을 때마다 마음속으로 호야 아버지를 욕하곤 하였습니다.

'일본에 갔다 조선 나와 돈벌이 못했으면 잠자코 있지, 마누라는 왜 때려, 씨바알~ 놈!'

눈망울이 깊던 호야 엄마도 보고 싶고, 씨바알~ 놈이던 호야 아버지도 보고 싶습니다. 지금은 나처럼 노인이 되어가고 있을 호야도 너무나 보고 싶습니다. 길에서 만나도 도저히 알아볼 수 없을 그들이 마치 평생을 함께 살아온 것 같이 그립습니다. 모든 것이 그립습니다. 가난에 찌들었던 유년 시절의 아픔들이 가슴 깊은 곳에서 출렁이며 노래합니다.

"일본에 갔다 조선 나와 돈벌이 못해서
중국집에 팥죽집에 마누라 잡혔네
모자는 찌그러져도 정든 모자요
꼴태가 꼴망태가 찌그러졌구나"

여섯째 이야기

어머니의 설탕

나는 설탕물에 밥 말아 먹는 것을 좋아했습니다. 밥을 한 숟가락 떠 먹을 때마다 입 안에 단맛이 그득히 번질 때 행복했습니다. 황홀했 습니다. 그렇게 행복해하며 설탕물에 말은 밥을 먹는 나를 물끄러미 보시던 엄마가 눈물을 보였습니다. 백 점을 맞은 상으로 엄마에게 설탕 한 봉지를 받은 날이었습니다. 나는 지금도 설탕을 보면 그때 흘리시던 엄마의 눈물이 떠오릅니다. 그 눈물로 인해 살아오는 내내 영혼이 메마르지 않을 수 있었습니다.

나는 유아 시절에 대한 많은 기억들을 지니고 있습니다.
세 살 이전의 기억들입니다. 물론 그 기억들이 세 살 이전
의 기억들이라는 것을 알게 된 것은 장성한 후의 일입니
다. 지금은 종로구로 바뀐 서울 서대문구 교남동에서 태어
나 세 살까지 살았습니다. 내가 살던 집은 나무로 지은 이
층집이었습니다. 일층의 가옥구조는 기억나지 않습니다.
하지만 이층에 대한 기억은 부분적으로 남아 있습니다. 이
층은 집 외벽에 붙어 있는 나무로 만들어진 계단으로 올라
갔습니다. 낡은 계단을 오를 때면 삐걱거리는 소리가 났습
니다. 나는 그 소리를 좋아했습니다. 이층은 넓은 다다미방
이었습니다. 추운 겨울날 난로 위에서 기차처럼 연신 김을
뿜어내던 누런 주전자가 흑백사진처럼 남아 있습니다. 방

바닥에 깔려 있던 다다미들도 기억납니다. 보다 정확히 말하면 다다미가 기억나는 것이 아니라 다다미를 곱게 감싸고 있는 검정색 천으로 만든 테두리가 기억납니다. 왜 다다미의 검은 테두리가 그렇게 깊은 인상을 주었는지 알 수 없습니다. 하지만 지금까지도 그 모습은 선명하게 가슴에 남아 있습니다. 아마도 그 검은 테두리들로 구분된 다다미들이 가지런히 놓인 모습을 보며 조형적으로 아름답다고 느꼈던 것 같습니다.

이층을 오르던 계단 밑에는 드럼통이 놓여 있었습니다. 그 드럼통은 일·이층의 모든 사람들이 사용하는 욕조였습니다. 대중목욕탕을 다니기도 쉽지 않은 시대였기 때문에 집 안에 간이 목욕탕을 만든 것입니다. 어느 여름날 밤에 나무 계단 밑 드럼통에서 목욕을 하고 있던 사촌 누나의 벗은 모습을 훔쳐보던 기억이 남아 있습니다. 나는 눈을 떼지 못하고 아주 오랫동안 훔쳐보았던 것으로 기억합니다.

그 외에도 많은 기억들이 남아 있습니다. 대문은 나무로 만들어졌는데 똥색이었습니다. 대문으로 이어진 담 아래로는 예쁜 화단이 있었습니다. 채송화가 심어져 있었습니다. 화단 주위에는 붉은 벽돌들이 비스듬하게 누워 담이 되었습니다. 나는 형들과 함께 화단 옆 담에 기대어 서서 따뜻한 햇볕을 쬐곤 하였습니다. 집 맞은편에는 꽤 마당이 넓은 목재소가 있었습니다. 동네 형들과 나는 목재소의 넓은 마당에서 놀았습니다. 목재소의 담은 나무로 둘러쳐져 있었는데 군데군데 옹이구멍이 숭숭 뚫려 있었습니다. 어느 날인가 나는 제법 크게 뚫린 옹이구멍으로 목재소 안을 들여다보았습니다. 그때 무엇인가 뾰족한 것이 눈을 찔렀습니다. 손가락이었습니다. 너무나 아팠습니다. 눈물이 왈칵 쏟아졌습니다. 나는 눈을 부비며 온 동네가 떠나가라고 울었습니다. 동네 형이 장난을 친다는 것이 눈을 정통으로 찌른 것입니다. 작은형이 나를 손가락으로 찌른 동네 형과 싸웠습니다. 나는 그 모습을 지켜보면서 더 크게 울었던 기억이 납니다. 집 뒤로는 개울이 있었습니다. 개울로 가는 골목에 있는 집들 담 밑에도 화단이 있었습니다. 우리집의 화단보다 훨씬 예쁘게 가꾸어진 화단이었습니다. 우리집 화단은 붉은 벽돌들이 한 줄로 비스듬히 누워 담을 만들었지만 개울로 가는 골목에 있는 집들의 화단 담은 붉은 벽돌들이 여러 층으로 쌓여 있었습니다.

꼭 기억해야 하는 것도 아닌, 잊어도 그만인 일들에 대한 기억은 뚜렷하게 남아 있는데, 정작 꼭 기억해야 하는 일들에 대한 기억은 대부분 기억하지 못하고 있습니다. 어머니에 대한 기억 같은 것 말입니다. 어머니를 기억하지 못하여 어머니 가슴에 평생 한을 심어 드리기도 하였습니다. 지금도 그 생각만 하면 가슴 한 켠이 아려옵니다. 다섯 살 때 일입니다.

나는 다섯 살 때까지 어머니에 대한 기억이 없습니다. 외할머니와 아버지께서 나를 돌보셨습니다. 나의 기억에는 없지만 내가 태어날 당시 우리집은 매우 부자였습니다. 아버지는 쌀장사로 엄청난 돈을 버셨습니다. 그러나 내가 태어나기 전부터 시작한 영화 제작으로 인하여 내가 태어나고 얼마 지나지 않아 완전히 파산하였습니다. 어머니는 그 충격으로 몸과 마음을 크게 상하셨습니다. 아버지는 당시 돈으로 칠백 환을 가지고 소사로 내려오셨습니다. 그리고 나는 다섯 살이 되었습니다. 그 오랜 시간 동안 어머니는 병원에서 치료를 받으시고, 병원을 나오신 후에는 산에서 요양을 하셨습니다. 내가 다섯 살이 되던 해 어느 날 어

집으로 돌아오신 어머니는 못다 쏟은 정성을
쏟으시려는 듯이 내게 잘 해주셨습니다.
내가 큰 잘못을 하여 아버지에게 혼날 때면
어머니는 언제나 나를 감싸주셨습니다.
매를 맞을 때에는 아버지를 몸으로
가로막으시곤 하셨습니다.
언제나 아버지 뜻을 따르고
별 말씀이 없으신 어머니였지만
나를 위해서는 아버지의 뜻을 거스르기도 하고,
대들기도 하셨습니다.

머니는 완쾌되어 집으로 오셨습니다. 어머니를 다섯 해 만에 만나던 그때의 기억이 내게는 없습니다. 전혀 기억나지 않습니다. 어머니는 내가 장성한 후에도 가끔씩 그때의 일을 말씀하시곤 하셨습니다. 그때 얼마나 마음이 아프셨는지 말씀하셨습니다. 정말 많이 우셨다고 말씀하셨습니다. 참으로 섭섭했다고 말씀하셨습니다.

어머니는 동네 어귀에서부터 막내아들을 찾으셨습니다. 젖도 한 번 제대로 물리지 못한 채 떼어 놓을 수밖에 없었던 막내아들을 한시라도 빨리 보고 싶으셨기 때문입니다. 나는 골목길에서 놀고 있었습니다. 어머니는 나를 쉽게 알아보셨습니다. 어머니는 반가움으로 한달음에 뛰어오시어 내 손을 잡으셨습니다.

"중호야!"

그러나 나는 어머니를 알아보지 못하였습니다. 웬 이상한 아줌마도 다 있다는 표정으로 어머니를 쳐다본 후 손을 뿌리쳤습니다. 어머니는 다시 내 손을 잡으시며 말씀하셨습니다.

"중호야, 엄마다. 내가 엄마야."

나는 다시 손을 뿌리치며 집으로 뛰어갔습니다.

오랜 시간이 지난 후에도 이때의 일을 말씀하실 때면 어머니는 눈시울이 붉어지시곤 하셨습니다. 나는 그때마다 어머니에게 송구스런 마음이 되었습니다.

집으로 돌아오신 어머니는 못다 쏟은 정성을 쏟으시려는 듯이 내게 잘 해주셨습니다. 내가 큰 잘못을 하여 아버지에게 혼날 때면 어머니는 언제나 나를 감싸주셨습니다. 매를 맞을 때에는 아버지를 몸으로 가로막으시곤 하셨습니다. 언제나 아버지 뜻을 따르고 별 말씀이 없으신 어머니였지만 나를 위해서는 아버지의 뜻을 거스르기도 하고, 대들기도 하셨습니다.

어머니는 그렇게 늘 나를 감싸주셨습니다. 그러나 어머니께서 내게 매를 드신 적이 한 번 있었습니다. 내가 초등학교 1학년 때의 일입니다. 당시에는 군것질할 것이 없었습니다. 사탕 한 알이라도 얻어먹기가 하늘의 별을 따기보다 어려웠습니다. 우리들이 사탕을 얻어먹을 수 있는 거의 유일한 기회는 미군들이 사탕을 던져줄 때 뿐이었습니다. 그러나 그런 기회도 정말 운이 좋은 날이나 가능한 일이었습니다. 나는 사탕이 너무나 먹고 싶었습니다. 그러나 가난했던 우리집 형편으로 사탕을 사 먹는 것은 불가능하였습니다. 그래서 나는 사탕 대신에 어머니가 부엌 찬장에 숨겨 놓으신 어머니의 설탕을 몰래 훔쳐먹었습니다. 그 시절에 설탕은 사탕보다 더 귀했습니다. 나는 어머니에게 들키지 않기 위해 찻숟가락으로 아주 조금씩 훔쳐먹었습니다. 나는 설탕을 입 안에 털어넣고는 아주 오랫동안 맛을 음미하였습니다. 입 안에서 번지는 단맛은 언제나 나를 흥분시켰습니다. 미치게 했습니다. 설탕을 훔쳐먹을 때마다 '세상에 이렇게 맛있는 것이 있다니' 하고 감탄했습니다. 설탕 맛 못지않게 나를 흥분시킨 것이 있습니다. 그것은 내가 어머니 모르게 설탕을 훔쳐먹고 있다는 사실이었습니다. 나는 그 사실을 생각할 때마다 아주 즐겁고 유쾌했습니다. 하지만 그것은 나만의 생각이었을 뿐입니다. 어머니는 내가 설탕을 훔쳐먹고 있는 것을 알고 계셨습니다. 어머니는 아무런 말씀도 하지 않으셨습니다. 단지 설탕을 보관하는 장소를 바꾸셨을 뿐입니다. 나는 어머니가 안 계실 때마다 설탕을 찾기 위해 부엌을 뒤졌습니다. 그러던 어느 날 부엌 천장에 가깝게 설치된 높은 선반의 구석에 놓여 있던 누런 봉투 속에 들어 있는 설탕을 찾았습니다. 나

는 그날 설탕을 큰 숟가락으로 퍼먹었습니다. 한 봉지 가
득 들어 있는 설탕은 반 밖에 남지 않았습니다. 그날 어머
니는 매를 드셨습니다. 방 빗자루로 종아리를 때리셨습니
다. 그런 후 잘못했다는 나를 끌어안으시고 우셨습니다. 나
는 그날 이후로 설탕을 훔쳐먹는 일을 그만두었습니다. 설
탕을 먹고 싶은 마음이 사라진 것은 아니었습니다. 나는
생각을 바꾸었습니다. 어머니께서 내어 주시는 설탕을 먹
을 수 있는 방법을 찾기로 하였습니다. 나는 방 청소도 열
심히 하고 심부름도 더욱 잘 하였습니다. 공부도 열심히
하였습니다. 그러던 어느 날 그 기회가 찾아왔습니다. 내가
학교 시험에서 백 점을 받아온 날이었습니다. 나는 자랑스
럽게 백 점 맞은 시험지를 어머니에게 보여 드렸습니다.
어머니는 시험지를 보시다가 나를 쳐다보시기를 몇 번이
나 하셨습니다. 그런 후 나를 안으시고는 등을 두들겨 주
시며 말씀하셨습니다.

"아이구 내 새끼! 장하다 내 새끼! 먹고 싶은 것 있으면
말하거라. 뭐든지 들어주마."

"정말요?

나는 어머니의 품에서 몸을 빼내며 다짐을 받듯이 물었

나는 자랑스럽게 백 점 맞은 시험지를 어머니에게 보여 드렸습니다.
어머니는 시험지를 보시다가 나를 쳐다보시기를 몇 번이나 하셨습니다.
그런 후 나를 안으시고는 등을 두들겨 주시며 말씀하셨습니다.
"아이구, 내 새끼! 장하다 내 새끼! 먹고 싶은 것 있으면 말하거라.
뭐든지 들어주마."

습니다.

"그럼, 물론이지. 어서 말해 보아라."

"나는 설탕을 먹고 싶어요. 설탕 한 봉지만 먹으면 원이
없겠어요."

어머니는 그런 나를 오랫동안 바라보시더니 뜯지도 않
은 흰 설탕 한 봉지를 내어 주셨습니다. 나는 설탕 봉지를
받자마자 설탕물에 밥을 말아먹었습니다. 밥을 한 숟가락

입에 넣을 때마다 설탕물의 단맛이 입 안 그득히 번졌습니다. 너무도 황홀하였습니다. 설탕물에 밥 말아 맛나게 먹고 있는 나를 물끄러미 바라보시던 어머니의 눈가에 눈물이 맺혔습니다.

"엄마, 울어요?"

나는 설탕물에 절은 밥을 입 안 가득히 넣은 채 물었습니다.

어머니는 얼른 눈물을 훔치시며 말씀하셨습니다.

"아니다. 울긴?"

철이 없었던 어린 시절의 나는 그날 흘리시던 어머니의 눈물의 의미를 알지 못하였습니다. 정말 철이 없던 시절입니다. 가난했던 시절입니다. 나는 지금도 설탕을 보면 그때 흘리시던 어머니의 눈물이 떠오릅니다. 눈물 속에 담긴 그 깊고 깊은 사랑이 가슴에 저미어 옵니다. 도저히 갚을 수 없는 깊은 사랑의 눈물이 내 영혼을 적십니다.

일곱째 이야기

전학

내 유년 시절을 함께 숨 쉬며 만들어 준 대부분의 사람들을 기억하지 못합니다. 이름도, 얼굴도 기억나는 이들이 거의 없습니다. 그나마 기억나는 몇몇 이들의 얼굴도 흐릿합니다. 유년 시절의 그 얼굴 그대로 내 앞에 나타난다고 해도 알아 볼 수 없을 것입니다. 그래서 더욱 그리운지도 모르겠습니다. 그러니 집도, 학교도 정주하지 못하고 떠돌았던 나의 유년 시절이 꼭 나빴던 것은 아닙니다. 살아오는 내내 그리움 품을 수 있었으니 말입니다.

군데군데 지워져 있는 유년 시절의 흔적들을 마주 대할 때마다 마음 깊은 곳에서부터 안타까움과 그리움이 몰려옵니다. 사오십 대까지만 해도 안타까움은 안타까움대로, 그리움은 그리움대로 저마다 가슴속에 남아 있습니다. 하지만 육십도 여러 해 넘긴 나이가 되다 보니 안타까움도 그리움도 슬픔이 되어가고 있습니다. 살아온 날들의 소중함을 이제야 느끼고 있기 때문이고, 이제라도 돌이키고 새롭게 살아가기에는 남은 날들이 많지 않다고 느끼기 때문입니다. 살아온 날들을 돌아봅니다. 무엇을 하며 지내왔는지 기억하는 날들보다 기억하지 못하는 날들이 훨씬 많습니다. 열심히 산다고 살아온 것 같은데 정작 가장 소중한 것은 하지 못했거나 잃어버린 채 살아온 것 같습니다. 가족보다 더 살갑게 느껴지던 친구들, 평생을 함께 하자던 벗들, 스쳐 지나간 수많은 얼굴들까지 인생의 소중한 것들을 너무나 많이 잃어버렸습니다. 너무도 많은 인생의 날들이 지워졌습니다. 그때 나는 무엇을 하였는지 기억나는 것이 거의 없습니다. 그 동네, 함께 뛰어놀고, 메뚜기 잡고, 물고기 잡던 친구들의 얼굴도, 이름도 모두 잊었습니다. 지워졌습니다.

안타깝게도 소사의 유년 시절에 함께 했던 형들, 친구들의 얼굴이나 이름을 하나도 제대로 기억하지 못합니다. 네 살부터 초등학교 1학년 2학기 중반까지 지냈던 소사의 유년 시절입니다. 인생의 고단함을 언제나 따뜻하게 감싸주던 유년 시절의 추억이지만 나는 기억하고 있는 것이 별로 없습니다. 1학년 때의 담임선생님이나 우리집에 세 들어 살던 호야와 호야 엄마, 얼굴도 이름도 기억이 나지 않는 양색시 누나들과 담배 가게 아줌마, 그리고 얼굴을 아무리 떠올려 보려고 해도 떠오르지 않는 치범이 형만이 기억에 남아 있습니다. 가끔씩 아주 가끔씩 미군 부대 물건을 팔러 다니곤 하던 치범이 형은 물건을 팔고 온 날은 언제나 우리들을 골목길에 앉혀 놓고는 자신이 보고 들은 이야기들을 해주곤 하였습니다. 우리들은 담벽에 나란히 등을 기대고 앉아 거짓말을 적당히 보태어 재미있게 이야기하는 치범이 형의 이야기에 배꼽을 쥐곤 하였습니다. 지금 생각해보면 무슨 이야기인지도 이해하지 못하면서도 무엇이 그렇게 재미있었는지 정말 알 수 없습니다. 그러나 그때는 그렇게 웃으며 밤을 맞이하곤 하였습니다.

그렇게 소사에서의 유년 시절은 끝났습니다. 아버지가 내뿜으시던 진달래 담배 연기처럼 그렇게 내 인생에서 사라져 갔습니다.

나는 다시 가족들과 함께 살게 되었습니다.
소사에서와는 비교도 안 될 정도로 좋은 집이었습니다.
우리집은 갑자기 부자가 되었습니다.
컬러텔레비전도 있었고 레코드판을 여러 장 올려놓아도
저 혼자 돌아가는 전축도 있었습니다.

그 후 나는 할아버지 같은 큰아버지가 계시던 서울 충무로로 거처를 옮겼습니다. 소사 남초등학교를 떠나 충무초등학교로 전학을 했습니다. 큰아버지 집에는 아버지처럼 느껴지던 사촌형과 나와 동갑인 조카가 있었습니다. 나보다 나이가 서너 살 많은 누나 같은 조카도 있었습니다. 큰아버지 집에서의 생활은 오래가지 않았습니다. 몇 달 지나지 않아 가족들 모두 충무로로 이사를 왔기 때문입니다. 나는 다시 가족들과 함께 살게 되었습니다. 소사에서와는 비교도 안 될 정도로 좋은 집이었습니다. 우리집은 갑자기 부자가 되었습니다. 컬러텔레비전도 있었고 레코드판을 여러 장 올려놓아도 저 혼자 돌아가는 전축도 있었습니다. 그것들은 모두 미군 부대에서 나온 물건들이었습니다. 아버지가 언제부터 미군 부대 물건을 암시장에 내다 팔기 시작했는지 정확히 알 수는 없지만 나는 큰아버지 집에 있을 때부터 어렴풋이 짐작하고 있었습니다. 나이 많은 사촌형이 사용하는 안방 장롱 안쪽으로 다시 문이 있다는 것을 알게 된 후의 일입니다. 나는 우연히 안방에 들어갔다가 열려 있는 장롱 안을 들여다보게 되었습니다. 장롱 안 맞은편 벽에는 작은 문이 달려 있었습니다. 그리고 그 안쪽으로 다시 작은 방이 있었습니다. 충무로의 우리집에도 어딘가에 그런 비밀의 방이 있을 것이라고 짐작했습니다. 하지만 알려고 하지 않았습니다. 사실 그런 것은 내게는 중요하지 않았습니다. 당시에 내게 중요했던 것은 학교에서 우등생들만 앉을 수 있는 '수' 분단으로 자리를 옮기는 것이었습니다.

내가 충무초등학교로 처음 등교를 한 날이었습니다. 선생님은 소사 남초등학교에서 보내온 성적표를 보시다가 말씀하셨습니다.

"중호가 공부를 잘 하는구나."

소사 남초등학교에서 보내온 나의 성적표에는 반 이상의 과목이 '수'였고, 나머지 과목도 대부분 '우'였습니다. 충무초등학교에서 내가 배정 받은 반은 1학년 전체에서 성적이 가장 좋지 않은 반이었습니다. 당시 충무초등학교는 서울에서도 알아주는 명문학교였습니다. 시험도 일주일에 한 번씩 치렀습니다. 모든 것이 시험 성적으로 정해졌습니다. 시험 성적이 좋지 않은 아이들은 선생님에게 혼나고, 시험 성적이 좋지 않은 반의 선생님은 교장 선생님

에게 혼났습니다. 그런 이유로 선생님은 소사 남초등학교
에서 좋은 성적을 받아온 내가 좋은 성적을 내기를 기대하
셨습니다. 선생님은 '우' 분단 맨 끝에 내 자리를 지정해 주
셨습니다. 항상 '수' 분단 앞자리를 뺏기지 않는다는 동갑
내기 조카는 선생님이 나를 '우' 분단에 앉힌 것은 선생님
의 기대가 크다는 것이라며 요란을 떨었습니다.

나는 사실 선생님에게 하고 싶은 말이 있었지만 하지 못
하였습니다. 그것은 소사 남초등학교의 1학년 학생 대부분
의 성적이 반 이상 '수'라는 사실이었습니다. 한 학년이라
야 두 반뿐이었고, 한 반의 학생들도 삼십여 명 정도였습
니다. 학교에 결석하지 않고, 숙제를 잘 해오고 시험만 봐
도 최소한 '미' 이상의 성적을 받았습니다. 그러나 나는 이
러한 사실을 선생님에게 말하지 못하였습니다. 선생님의
기대가 제게도 느껴졌기 때문입니다.

드디어 일주일이 지나고 시험 날이 다가왔습니다. 시험
지를 받아든 나는 눈앞이 캄캄했습니다. 배운 것이 거의
없었기 때문입니다. 그러나 나는 최선을 다해서 시험을 치
렀습니다. 종례시간이 되었습니다. 선생님은 들어오시어
시험 성적을 발표하시며 시험지를 나누어 주셨습니다.

"이종훈, 칠십점. 김영희, 백점."

선생님은 아이들의 이름을 하나씩 부르며 점수를 부르고 시험지를 나누어 주셨습니다. 드디어 내 차례가 되었습니다. 선생님은 시험지를 흘낏 보시고는 내 이름을 부르셨습니다.

"최중호, 빵점!"

"와아~"

"킥킥킥~"

나는 책가방을 들고 '가' 분단 맨 끝자리로 옮겼습니다.
그 짧은 거리가 너무도 멀게만 느껴졌습니다.
아이들이 모두 나의 뒤통수를 쳐다보는 것만 같았습니다.

아이들은 소리를 지르며 웃었습니다. 나는 발개진 얼굴로 겨우 시험지만 받아 자리로 돌아왔습니다. '우' 분단의 맨 끝에 있는 자리입니다. 나는 고개를 들지도 못한 채 시험지를 들여다보았습니다. 시험지에는 붉은 색연필로 십오점이라고 적혀 있었습니다. 십오점 밖에 받지 못한 내게 너무도 화가 나신 선생님께서는 내게 자극을 주기 위해서였던지 빵점이라고 발표하신 것입니다. 십오점이 형편없는 점수이기는 하지만 나는 그래도 조금은 섭섭하였습니다. 나는 속으로 말했습니다.

'그래도 빵점이 아니고 십오점인데….'

선생님께서는 내가 마음속으로 한 말을 들으셨는지 시험지를 나누어 주시다 말고 다시 내 이름을 부르셨습니다.

"최중호!"

"네-"

나는 고개를 들지도 못한 채 대답했습니다.

"너 자리를 '가' 분단 맨 끝으로 옮겨. 지금 당장!"

나는 책가방을 들고 '가' 분단 맨 끝자리로 옮겼습니다. 그 짧은 거리가 너무도 멀게만 느껴졌습니다. 아이들이 모두 나의 뒤통수를 쳐다보는 것만 같았습니다. 나는 '가' 분단 맨 끝자리에 앉아 다짐했습니다. 이 학기가 끝나기 전에 '수' 분단으로 자리를 옮기겠다고.

당시 내게 가장 중요했던 것은 학기가 끝나기 전에 '수' 분단으로 자리를 옮기는 것이었습니다. 그러나 그 다짐은 이루어지지 않았습니다. 학기가 끝나갈 무렵의 나의 자리는 '우' 분단 맨 앞이었습니다. 동갑내기 조카의 자리는 여전히 '수' 분단 맨 앞줄이었습니다. 나는 끝내 '수' 분단에 앉지 못하였습니다. 그 학기를 끝으로 다시 전학을 갔기 때문입니다. 우리집은 충무로로 이사 온 지 몇 달 만에 다시 이사하였습니다. 답십리로 이사하였습니다.

충무초등학교 시절은 한 번도 '수' 분단에 앉아보지 못하고 지나갔습니다. 내게는 아쉬움이고 아픔이었습니다. 하지만 아쉬움과 아픔만 있었던 것은 아닙니다. 잊을 수 없는 좋은 추억도 있습니다. 운동장의 한 켠에 있었던 수도꼭지에 대한 기억입니다. 충무초등학교에 처음 등교하던 날 나는 수많은 수도꼭지를 보면서 너무도 놀랐습니다. 수돗물이 귀했던 당시로서는 너무도 놀라운 장면이었습니다. 내가 내 인생에서 가장 아름다웠던 시절이라고 믿고

있던 소사 남초등학교에는 수도꼭지라고는 단 두 개 밖에
없었습니다. 나는 함께 있던 동갑내기 조카에게 물었습니
다. 창피함을 무릅쓰고 물었습니다.

"저 수도꼭지에서 전부 물이 나오니?"

조카는 이상한 것을 다 묻는다는 표정으로 나를 물끄러
미 바라보며 대답하였습니다.

"그럼, 잘 나와."

"틀어 봐도 되니?"

"그럼."

나는 수돗가로 다가가 수도꼭지를 돌렸습니다. 정말 수
돗물이 콸콸 쏟아졌습니다. 너무도 신기하였습니다. 나
는 옆의 수도꼭지도 틀었습니다. 거기서도 소사 남초등학
교에서는 구경하기도 쉽지 않았던 수돗물이 콸콸 쏟아졌
습니다. 그 옆의 수도꼭지, 그 옆의 수도꼭지에서도 거짓
말처럼 시원하게 쏟아졌습니다. 입을 대고 벌컥벌컥 물
을 마셨습니다. 물맛도 참 좋았습니다. 나는 수돗물을 마
실 때마다 우리집도, 내 인생도 이 수돗물처럼 막힘없이
콸콸 잘 나오기를 소원하였습니다. 슬픔 중에도 행복했던
날들입니다.

아줌마, 나 좀 데리고 가세요

"아줌마, 나 좀 데리고 들어가 주세요. 나를 아들이라고 하시고요."

대부분의 아줌마들은 손을 휘휘 저으며 별 거지 새끼를 다 본다는 표정을 지었지만, 가끔은 내 손을 꼭 잡고 정말 아들처럼 데리고 들어간 아줌마들도 있었습니다. 그럴 때면 나는 '이 아줌마가 우리 엄마였으면 얼마나 좋을까'하는 철딱서니 없는 생각을 하곤 하였습니다. 그렇게 경미극장 앞에서 새엄마를 찾다가 극장 기도에게 걸려 얻어맞으며 세상을 배워가던 시절이었습니다.

우리집이 서울의 중심부였던 충무로에서 변두리인 답십리로 이사한 것은 내가 초등학교 1학년 2학기를 거의 끝마칠 무렵이었습니다. 충무초등학교에서의 짧았던 학교생활은 '우' 분단 맨 앞자리에서 끝났습니다. 나는 동갑내기 조카가 앉아 있는 '수' 분단 앞자리까지 가지 못한 채 학교를 떠나게 되어 아쉬웠습니다. 하지만 충무초등학교에서의 일들은 이내 잊게 되었습니다. 답십리의 동네 정경이 내 마음을 따뜻하게 감싸주었기 때문입니다.

답십리 일동으로 기억되는 우리 동네에는 모두 일곱 채의 집이 골목을 사이에 두고 있었습니다. 손잡이가 달린 플라스틱 물바가지 모양을 이루며 다닥다닥 붙어 있었습니다. 결코 헤어질 수 없다는 굳은 의지를 드러내듯이 말입니다. 지금은 이름을 다 기억할 수는 없지만 짧은 골목 길의 왼편에는 하얀 피부에 주먹코를 자랑하던 순둥이 순구와 이름이 기억나지 않는 한 친구네 집이 있었습니다. 골목의 맞은편 집에는 예쁜이 수정이의 집이 있었고, 우리 집은 골목의 오른편에 있었습니다. 우리집 뒤에는 나를 좋아하던 성희와 성희 오빠인 성구 형의 집이 있었습니다.

동네 앞쪽으로는 넓게 배추밭이 펼쳐져 있었고, 왼편으로는 미나리를 심은 논이 바둑판의 눈금처럼 이어져 있었습니다. 끝이 보이지 않던 소사 시절의 황금 들녘에 비할 수는 없지만 소사의 추억을 되살리기에는 부족함이 없는 정경이었습니다.

이사한 집은 마당이 매우 넓었습니다. 대지가 백 평이 넘었습니다. 하늘색 칠이 벗겨진 나무 대문을 열고 들어서면 마당 왼편으로 옥수수들이 빼곡히 자리하고 있었습니다. 옥수수를 수확하는 여름이 되면 온 동네 사람들이 옥수수를 나눠 먹곤 하였습니다. 옥수수밭 옆에 개집이 있었습니다. 이름이 작크인 세파트가 살았습니다. 마당 왼편으로는 하늘에 닿을 듯이 높이 자란 버드나무가 가지를 늘이

나는 닭과 오리, 칠면조 속에 섞여 있는 공작새가
조금도 아름다워 보이지 않았습니다.
오히려 불쌍해 보였습니다. 외로워 보였습니다.
나는 그 공작새가 나를 닮았다고 생각하였습니다.
그래서 나는 공작새를 좋아하지 않았습니다.

고 있었고, 그 옆으로 닭장이 있었습니다. 닭장에는 닭들만 있었던 것이 아닙니다. 오리도 있었고, 칠면조도 있었습니다. 닭장 옆에는 공작새 두 마리가 살고 있는 커다란 우리도 있었습니다. 언제부터 공작새가 닭장에 있었는지 정확히 기억나지는 않습니다. 그러나 공작새들이 그 아름다운 깃털을 부채처럼 쫙 편 모습을 보시며 아버지가 내게 하시던 말씀은 아직도 귓가에 남아 있습니다.

"중호야, 저게 공작새다."

항상 그 말씀뿐이었습니다. 멋있다든지, 아름답지 않느냐는 등의 말씀들은 없었습니다. 그러나 아버지는 '저게 공작새다' 하고 말씀하실 때에는 드물게 미소를 머금으셨습니다. 나는 아버지가 공작새를 바라보실 때면 아버지의 얼굴을 바라보곤 하였습니다. 가끔 내가 알 수 없는 어떤 일로 박장대소하실 때를 제외하고는 미소 띤 아버지의 얼굴을 볼 기회가 별로 없었기 때문이기도 하였고, 나는 공작새가 별로 아름답다고 느끼지 않았기 때문이기도 하였습니다. 나는 닭과 오리, 칠면조 속에 섞여 있는 공작새가 조금도 아름다워 보이지 않았습니다. 오히려 불쌍해 보였습니다. 외로워 보였습니다. 나는 그 공작새가 나를 닮았다고 생각하였습니다. 그래서 나는 공작새를 좋아하지 않았습니다.

나는 동네 아이들과 쉽게 가까워졌지만 외로움이 사라진 것은 아니었습니다. 오히려 외로움은 깊어졌습니다. 아이들과 친해지면 친해질수록 소사 시절의 친구들이 그리워졌습니다. 얼어붙은 논에서 썰매를 타고 재미있게 놀수록 내가 살던 소사의 골목길들로 돌아가고 싶었습니다. 소사 시절로 돌아가고 싶었습니다. 외로웠습니다. 그런 탓이 있었는지 외로워 보이는 공작새를 좋아하지 않았습니다.

나는 동네 아이들과 아무런 문제없이 잘 어울렸습니다. 하지만 더 많은 시간을 내 키만한 세퍼드 작크나 닭, 오리 등과 함께 보냈습니다. 옥수수, 버드나무와도 이야기하며 보냈습니다. 가끔씩은 앵두나무와도 놀았습니다. 마당 한 가운데에는 커다란 앵두나무가 있었습니다. 화초들도 있었습니다. 석류나무도 있었습니다. 그런 모든 것들이 나의 친구가 되었습니다. 그리고 마당 오른편 구석으로 수돗가가 있었고, 집 옆으로 사용하지 않는 우물도 있었습니다. 그러나 나는 우물가에는 가지 않았습니다. 두꺼운 나무판

자로 만들어진 덮개가 덮여 있었지만 왠지 사용하지 않는 우물은 내게 두려움을 주었습니다.

　나의 답십리에서의 유년 시절은 이렇게 시작되었습니다. 모든 것이 따뜻하고 아름다웠지만 그 어떤 것도 나의 외로움을 달래주지는 못하였습니다. 답십리에서 맞이한 첫 겨울에는 눈도 많이 왔습니다. 나는 아이들과 썰매도 타고, 눈사람도 만들고, 눈싸움도 하며 첫 겨울을 보냈습니다. 겨울이 깊어갈수록 나의 외로움도 더욱 깊어졌습니다.

　그 시절 나를 힘들게 한 것은 외로움만은 아니었습니다. 가난도 나를 힘들게 했습니다. 왜 갑자기 그렇게 어려워졌는지 이유를 알 수는 없었지만 우리집은 충무로에서와는 너무나 차이가 날 정도로 어려워졌습니다. 갑작스런 생활의 변화에 나는 잘 적응하지 못하였습니다. 충무로에서와는 달리 텔레비전도 없었고, 전축도 없었습니다. 낡아 보이는 라디오만이 안방 탁자 위에 바보처럼 덩그러니 놓여 있을 뿐이었습니다. 텔레비전이 어디 갔냐고 텔레비전을 다시 사 달라고 때도 써 보았지만 꾸지람만 들었을 뿐입니다. 충무로 시절 자주 사 먹던 제과점의 얼음사탕은 당연히 구경조차 할 수 없었습니다. 얼음사탕은 고사하고 동네

학교 앞 구멍가게에서 팔던 일 원에 두 알을 주던 설탕이 범벅이 된 왕사탕조차도 사 먹을 수 없었습니다. 만화 가게에도 갈 수 없었습니다. 충무로에 살 때처럼 라면을 끓여 먹는 일은 불가능했습니다.

충무로에 살 때의 일입니다. 어느 날 텔레비전에 라면 선전이 나왔습니다. 라면이 우리나라에 처음 상품으로 나온 것입니다. 라면 선전을 본 후 여러 날이 지난 어느 일요일 오후 4학년이었던 작은형은 라면을 사왔습니다. 집에는 작은형과 나만 있었습니다.

"중호야, 라면 끓여 먹자."

작은형은 부엌으로 내려가 봉지 뒷면에 쓰인 설명을 주의 깊게 읽으며 라면을 끓였습니다. 나는 작은형 옆에 쪼그리고 앉아 계속 물었습니다.

"형, 그렇게 끓이는 것 맞아?"

계속되는 나의 물음에도 작은형은 짜증을 내지 않고 대답해 주었습니다.

"그래, 여기 설명서에 적혀 있는 대로 하고 있으니 맞을 거야."

그러나 그날 우리는 라면을 먹지 못하였습니다. 3분만 끓이라고 되어 있는 것을 너무 오래 끓였기 때문입니다. 라면 국물은 다 말라붙었고 라면은 떡이 되어 있었습니다. 물론 그 당시의 작은형과 나는 우리의 잘못을 알지 못하였습니다. 그때 작은형이 인상을 쓰며 했던 말이 지금도 귓가에 쟁쟁합니다.

"이런 개새끼들! 이런 것을 먹으라고 만들었단 말이야?"

나는 지금도 그때의 일을 생각하면 웃음이 납니다. 그러나 답십리로 이사온 후 나는 떡이 되어 먹을 수 없었던 라면조차도 먹을 수 없었습니다. 아무것도 사 먹을 수도 없는 갑작스런 환경의 변화에 적응하지 못했습니다.

새봄이 오자 2학년이 되었습니다. 그러나 나는 학교에 나가지 않았습니다. 3월이 지나고, 4월이 지나고, 5월이 다 지나갈 무렵에서야 학교에 나가게 되었습니다. 생활에 쫓겼던 아버지께서 전학을 늦게 시켰기 때문이었습니다. 아이들이 모두 학교를 가고 난 후 동네를 혼자 싸돌아다니던 그 3개월 동안 나의 외로움은 더욱 깊어갔습니다. 나는 혼자 한참을 걸어 전농동과 청량리까지 가곤 하였습니다. 그

곳에 극장이 있었습니다. 전농동에는 경미 극장이 있었고 청량리에는 시대 극장과 오스카 극장이 있었습니다.

내가 극장에 처음 간 것은 소사 시절이었습니다. 누구와 갔는지, 극장 이름이 무엇인지는 기억나지 않습니다. 영화 제목은 기억하고 있습니다. '지옥문'이라는 공포 영화였습니다. 얼마나 무서웠던지 영화를 보고 나서 여러 달 동안 화장실에도 혼자 가지 못하였습니다. 그 후 나는 극장에 간 기억이 없습니다. 하지만 화려한 간판이 걸려 있는 경미 극장을 보는 순간 시대 극장, 오스카 극장을 보는 순간 나는 너무도 영화가 보고 싶어졌습니다. 사실 영화 관람은 혼자가 된 내가 재미있게 시간을 보낼 수 있는 유일한 놀이였습니다. 나는 거의 매일 먼 길을 걸어 경미 극장까지 갔습니다. 내 활동의 주요 무대는 소위 삼류 극장인 경미 극장이었습니다. 시대 극장이나 오스카 극장은 경미 극장보다 멀기도 하였지만, 그보다는 시대 극장이나 오스카 극장은 소위 이류 극장이어서 들어가기가 쉽지 않았기 때문이었습니다. 나는 사람들이 많이 오는 오후 시간이 되면 경미 극장 앞을 서성거렸습니다. 그러다가 마음씨 좋아 보이는 아주머니를 보면 다가가 말했습니다. 최대한 불쌍한 나는 거의 하루도 빠지지 않고 경미 극장 앞에 나가곤 하였습니다.
그리고는 최대한 불쌍한 표정으로 마음씨 좋아 보이는
아주머니 곁으로 가서 말하곤 하였습니다.
"아줌마, 나 좀 데리고 가세요. 아들이라고 하시고요."

표정을 지으며 말했습니다.

"아줌마, 나 좀 데리고 들어가 주세요. 나를 아들이라고
하시고요."

대부분의 아줌마들은 손을 휘휘 저으며 별 거지 새끼를
다 본다는 표정으로 극장 안으로 사라지곤 하였습니다. 못
볼 것을 봤다는 표정이 되어 잰걸음으로 극장 안으로 사라
졌습니다. 하지만 늘 그랬던 것은 아닙니다. 가끔씩은 정말
아들처럼 내 손을 꼭 잡고 들어가는 마음씨 고운 아주머니
도 있었습니다. 그렇게 마음씨 고운 아주머니들을 만나면
나는 '이 아줌마가 우리 엄마였으면 얼마나 좋을까' 하는
철없는 생각을 하기도 하였습니다. 나는 거의 하루도 빠지
지 않고 경미 극장 앞에 나가곤 하였습니다. 그리고는 최
대한 불쌍한 표정으로 마음씨 좋아 보이는 아주머니 곁으
로 가서 말하곤 하였습니다.

"아줌마, 나 좀 데리고 가세요. 아들이라고 하시고요."

경미 극장의 기도에게 걸리면 발길질에 차이기도 하고
한 번만 봐 달라고 두 손 모아 싹싹 빌기도 하였지만 결코
포기하지 않았습니다. 시대 극장으로 무대를 옮겨 또 다른
새엄마를 찾았습니다.

"아줌마, 나 좀 데리고 가세요. 아들이라고 하시고요."

　나의 답십리에서의 유년 시절은 그렇게 시작되었습니다. 소사를 생각나게 하는 답십리의 동네 정경과 도시의 변두리였던 전농동의 경미 극장을 오가며 말입니다. 매일매일 영화가 상영되는 매시간마다 새엄마를 찾으면서 말입니다. 슬픔의 깊이를 조금씩 배워가던 참으로 철없던 유년 시절이었습니다.

케키와 거머리

아이스케키와 하드, 물고기와 거머리, 메뚜기와 잠자리 등은 모두 내 유년 시절의 일부이며 친구들이었습니다. 케키 장사를 하러 다니며 세상을 알게 되었고, 물고기를 잡으러 갔다가 거머리에게 피를 빨릴 때마다 세상에 공짜는 없다는 것을 배우게 되었습니다. 그 시간들로 인해 나는 살아오는 내내 힘을 얻고 위로 받을 수 있었습니다. 그 시간들은 내게 은총이었습니다.

"아저씨, 나부터 주세요. 나 오늘 바쁘단 말이에요."

나는 아저씨들과 형들 사이로 고개를 들이밀며 소리를 질러댑니다.

"야, 임마! 순서를 지켜. 늦게 왔으면 기다려야지."

먼저 와 있던 곰보 형이 어깨로 나를 넌지시 밀어내며 말합니다.

"에이, 씨이발- 나 오늘 엄청 바쁘다니까요? 좀 봐줘요."

나는 경미 극장에서 기도 일을 하던 영태 형처럼 이빨 사이로 침을 '칙-'하고 뱉으며 말합니다. 공짜 구경을 위해 구경 온 아주머니들을 따라붙다가 걸려 영태 형에게 수차례 얻어맞은 후 영태 형과 나는 아주 가까운 사이가 되었습니다. 영태 형은 나를 매우 좋아했습니다. 그 후 나는 언제나 영화를 공짜로 볼 수 있었습니다. 기도 보는 일이 체질에 딱 맞는다고 '딱기도'라는 별명이 붙은 영태 형은 정말 멋있게 이빨 사이로 침을 뱉었습니다. 나는 영태 형처럼 멋지게 침을 날리기 위해 잇몸이 헐도록 연습을 하였지만 영태 형처럼 하지 못했습니다.

"뭐? 씨발?"

곰보 형이 가뜩이나 못생긴 얼굴을 잔뜩 구기며 말을 받습니다.

"에이, 내가 언제 씨발이라고 했어요. 저기 시이~발 택시 간다고 했지요. 아까 정말 시발 택시가 지나갔어요. 형이 택시는 빼먹고 '시이발'만 들었구만요."

나의 넉살에 곰보 형은 상대하기도 싫다는 듯이 등을 돌립니다.

곰보 형에게 밀려난 나는 힐끔힐끔 공장 안을 들여다보며 순서를 기다립니다.

"아침부터 되는 일이 없군."

나는 다시 이빨 사이로 침을 찍찍 뱉으며 공장 안을 기웃거립니다. 공장이라고 해봐야 몇 평 되지도 않는 작은 공장입니다. 얼음 공장입니다. 정확하게 말하면 아이스케키 공장입니다. 나와 곰보 형을 비롯한 사람들은 아침마다 케키를 타기 위해 몰려들었습니다. 새로 나온 계란 모양의 케키는 정말 맛이 죽였습니다. 가지고 나가기만 하면 날개 돋친 듯이 팔려나갔습니다. 그야말로 치는 번개에 뛰어가서 맞아 죽을 쫌도 내기 어려울 정도였습니다. 물건을 받아 나가기만 하면 벌이가 쏠쏠하였습니다. 그래서 모두들 아침 열 시만 되면 케키 공장 앞으로 몰려들었습니다. 케키 공장 앞은 전쟁통에 오일장 선 것처럼 난리였습니다. 몇 평 되지도 않는 공장에서 생산하는 계란 케키의 양이 정해져 있었기 때문입니다. 조금이라도 일찍 받아야 많이 팔 수 있기 때문입니다. 늦게 오면 한참을 기다려야만 했을 뿐 아니라 언제 기계가 고장이 날 지 알 수 없었기 때문입니다. 그런 날은 여지없이 공치는 날입니다. 곰보 형이나 다른 사람들은 돈벌이를 위해서 난리를 쳤지만 나는 돈벌이 때문이 아니었습니다. 나는 계란 케키를 맘껏 먹기 위해 케키 장사로 나섰습니다. 사 먹을 돈이 없으니 계란 케키를 마음껏 먹을 수 있는 유일한 방법이었습니다.

"케키나 하드으~ 케키나 하드가 왔어요. 달걀 케키도 함께 굴러왔어요."

목청을 높여 고함을 지르다가 열 개쯤 팔고 나면 나는 무조건 하나씩 꺼내 먹었습니다. 하루에 열다섯 개를 먹은 날도 있습니다. 물론 그날은 여지없이 배탈이 나서 밤새 고생 좀 했지만 말입니다.

"자~ 이제 한 시간쯤 뒤에 와라. 케키 다 떨어졌다."

케키 공장 용씨 아저씨의 말입니다.

"아니, 이런 법이 어디 있어요? 내내 기다렸는데. 인제 내 차례란 말이에요."

"임마, 그럼 어떻게 하라고? 케키가 다 떨어졌는데. 이따가 다시 와. 네 것은 따로 챙겨 놓았다가 꼭 줄게."

"그러니까 일찍 일어나서 좀 많이 만들어 놓으면 되잖아요?"

나는 계란 케키를 못 먹게 된 것에 심술이 나서 되도 않은 불평을 늘어놓았지만 마음씨 좋은 용씨 아저씨는 웃기만 하였습니다. 나는 케키통을 매고 나가는 곰보 형을 바라보며 집으로 걸음을 옮겼습니다.

한여름이었습니다. 여름 방학을 한 지도 여러 날이 지났습니다. 한 달 남짓 어설프게 학교를 다녔을 뿐인데 방학

케키 공장 앞은 아침 열 시만 되면 전쟁통에 오일장 선 것처럼 난리였습니다.
새로 나온 계란 모양의 케키는 정말 맛이 죽였습니다.

이 되었습니다. 학교 생활에 겨우 적응하려고 하니 방학이었습니다.

"중호야!"

순둥이 주먹코 순구와 뒷집에 사는 5학년인 성구 형입니다. 이름도 비슷한 둘이서 형제처럼 나란히 서 있습니다. 저마다 오른손에 양동이를 들었습니다.

"그게 뭐야? 어디가?"

나는 양동이를 쳐다보며 말을 했습니다.

"물고기 잡으러 간다. 같이 갈래?"

성구 형이 콧구멍을 벌렁거리며 말합니다.

"성구 형, 누굴 놀려? 그물도 없이 고기를 잡아? 양동이만 가지고 물고기 잡는다는 소리는 듣기도 처음이네."

"으흐흐흐흐, 중호야, 너는 이사 온 지 얼마 안 돼서 잘 모르겠지만 그런 수가 있다. 궁금하면 따라오너라. 맨손으로 고기를 잡는 비법을 특별히 가르쳐 주마."

성구 형은 무슨 대단한 비밀을 말한다는 듯이 음험한 목소리로 낮게 웃으며 말합니다.

"히야~ 아저씨 이거 어떻게 잡으셨어요?"

양동이를 들고 벌써 한 시간째 걸어온 우리들은 양동이에 담긴 고기를 보며 입을 다물지 못하였습니다. 양동이 안에는 양동이가 좁아 등을 활처럼 구부린 금빛 잉어가 찬란히 자태를 뽐내고 있었습니다. 눈이 부셨습니다.

"뚝방 옆 개울에서 그물로 잡았다. 아마 지난번 장마에 위쪽에 있는 양어장에서 흘러나왔나 보다. 너희들도 어서 가 봐라."

우리들은 째진 입을 다물지 못하는 아저씨를 뒤에 남기고 냅다 뛰었습니다. 양동이의 달그락거리는 소리가 거친 숨결 만큼이나 커졌을 때 우리는 장안벌에 도착하였습니다. 내 눈앞에는 정말 상상하지도 못한 광경이 펼쳐져 있었습니다. 끝도 없어 보이는 진흙벌이 펼쳐져 있었습니다. 벌써 많은 사람들이 바지를 걷어올린 채 진흙벌을 휘저으며 고기를 잡고 있었습니다. 물이 조금씩 고여 있는 곳을 뒤지면 어김없이 손바닥만한 붕어들이 잡혀 올라왔습니다. 나는 너무도 신기한 광경에 입을 다물 수가 없었습니다. 마치 꿈나라에 온 것만 같았습니다.

"으흐흐흐흐, 이것이 바로 맨손으로 고기를 잡는 비결이다. 몰랐지? 촌놈아!"

물이 조금씩 고여 있는 곳을 뒤지면
어김없이 손바닥만한 붕어들이 잡혀 올라왔습니다.
나는 너무도 신기한 광경에 입을 다물 수가 없었습니다.
마치 꿈나라에 온 것만 같았습니다.

성구 형이 히죽 웃으며 말했습니다. 여느 때 같으면 '촌놈'이라는 말에 발끈하였겠지만 끝없이 펼쳐진 진흙벌에 이미 마음을 빼앗겨 무슨 소리를 하는지 제대로 들리지도 않았습니다. 정말 놀라운 광경이었습니다.

우리들은 고무신을 벗어 한 켠에 가지런히 놓았습니다. 양말은 고무신 안에 쑤셔 넣었습니다. 바지를 걷어올렸습니다. 진흙벌에 발을 담갔습니다. 진흙벌은 어머니의 가슴처럼 따뜻했습니다. 소사의 논에 발을 담글 때처럼 따뜻하고 부드러웠습니다. 떨어지지 않는 발을 힘주어 뗄 때마다 소사의 논에서 울던 개구리 소리가 들려오는 것만 같았습니다. '잡았다'고 외치는 아이들의 날카로운 고함 소리도 소사 친구들의 목소리처럼 다정하게 들려왔습니다. 바람이 시원하게 불어옵니다. 소사의 개울가에서 맞던 그 바람이 멀리 떨어진 이곳 장안벌에도 불어옵니다.

"으흐흐흐, 잡았다."

성구 형은 벌써 한 마리를 잡았습니다. 손에 쥐고는 내게 보여주며 썩은 이를 드러내고 웃으며 말합니다.

"물이 조금 고여 있는 데를 손으로 더듬어 봐. 틀림없이 고기가 있을 거야. 물이 고여 있지 않은 곳이라도 물기가 조금만 있으면 고기가 있기 쉬워. 진흙 밑에 고기가 숨어 있지. 뜨거운 햇볕을 피하느라고 진흙 밑에 숨어 있는 거야."

"야~ 정말이네. 진흙 밑에 고기가 있구나."

내가 잡은 고기는 비늘 하나 상하지 않은 잘생긴 붕어였습니다. 은빛 비늘이 햇빛을 받아 반짝였습니다. 고기를 잡기 시작한 지 세 시간도 되지 않아 양동이에는 반 넘어 고기들이 가득 찼습니다. 붕어들은 양동이가 흔들릴 정도로

요동칩니다. 물방울이 양동이 밖으로 튀어 오릅니다.

"그만 잡고 가자."

성구 형의 말에 우리는 모두 걸음을 옮겼습니다.

"아니, 어떤 놈이 이래 놓았지?"

보기도 좋게 가지런히 놓여 있던 우리의 자랑스런 고무신은 여기저기 날아가 처박혀 있었습니다. 고무신은 진흙으로 범벅이 되어 있었습니다. 고무신 속에 들어 있던 양말들도 진흙구덩이에 들어갔다 나온 듯했습니다. 물고기를 잡지 못해 심술이 난 놈들이 한 짓이 분명하였습니다.

"어떻게 하지?"

순둥이 순구가 걱정스런 목소리가 되었습니다.

"저 밑에 웅덩이 있어. 거기서 씻으면 돼."

성구 형은 별 걱정 없다는 듯이 대답하였습니다. 우리는 두 손에 양동이와 고무신을 나누어 들고 웅덩이로 갔습니다. 웅덩이에는 다행히 물이 마르지는 않았으나 깨끗하지는 않았습니다. 진흙을 풀어 놓은 듯 검붉은 것이 탁했습니다. 양말을 빨아봤자 별로 깨끗해질 것 같지 않았지만 진흙이라도 털어내려고 엄지와 검지손가락으로 양말의 끝을 잡고 물 속에 넣었습니다. 진흙을 털어내기 위해 양말

을 흔들었습니다. 양말에 묻어 있던 진흙이 떨어져 나가는
듯 물색은 더욱 탁해졌습니다.

"진흙아 떨어져라. 깨끗이 떨어져라."

나는 콧노래를 함께 부르며 양말을 흔들다 양말을 꺼냈
습니다.

"으악!"

양말을 꺼내들던 나는 너무나 놀라 나도 모르게 양말을
멀리 집어던졌습니다. 양말에는 셀 수도 없이 많은 거머리
들이 다닥다닥 붙어 있었습니다. 양말은 보이지 않고 거머
리만 보였습니다. 그렇게 많은 거머리를 한꺼번에 보기는
난생 처음이었습니다. 나는 기껏해야 서너 마리 정도의 거
머리를 동시에 봤을 뿐입니다. 개울에서 물고기를 잡다 나
오면 다리에 서너 마리의 거머리가 붙어 있기는 예사였습
니다. 거머리를 떼어낸 자리에는 피가 흘렀습니다. 장안
벌 웅덩이에서 만난 거머리들에 비하며 소사의 거머리들
은 순하고 착하게 느껴졌습니다. 다리에 붙어 내 피를 빨
아 먹던 소사의 거머리들이 그리워지기도 하였습니다. 나
는 양말에 달라붙은 거머리들을 오래도록 바라보았습니
다. 그렇게 거머리들을 바라보다 나나 저 거머리들이 별로

다를 것이 없다는 생각이 들었습니다. 아침마다 케키 공장에서 케키 하나 먹겠다고 이빨 사이로 침을 뱉으며 꼬장을 부리던 나의 모습이 거기 있었습니다.

비가 오려는 지 하늘이 어두워지기 시작하였습니다.

살아가는 일의 슬픔을 그렇게 배우던 답십리의 첫여름이었습니다.

우주 가족

"우주 가족 하는 날이니?"

"오늘 한 번 안 보면 안되겠니?"

"알았어, 가자!"

순구와 나는 '우주 가족'을 보기 위해 수정이네 집으로 왔습니다. "수정아~ 수정아~!" 수정이의 대답을 기다릴 사이도 없이 더 큰 목소리로 악을 쓰며 거듭해서 불렀습니다. 순구의 얼굴은 쳐다보지도 않은 채 텔레비전을 보여 달라고, 우주 가족을 보여 달라고 수정이의 이름을 목 놓아 불렀습니다.

"잡았다. 이 도둑놈의 새끼"

"아저씨, 한 번만 용서해…."

용서를 빌기도 전에 두 눈에 별이 번쩍거렸습니다. 개천 옆 구멍가게 아저씨의 단단한 주먹이 머리를 강타한 것입니다.

"아저씨, 한 번만… 아이쿠!"

분노에 찬 아저씨의 주먹은 사정없이 날아왔습니다. 나는 용서를 구할 사이도 없이 길바닥에 나뒹굴었습니다. 그동안의 분노를 모두 쏟아내는 듯 주먹과 발을 사정없이 휘둘렀습니다. 지나던 사람들이 모여들었습니다.

"무슨 일이에요? 무슨 일인데 아이를 그렇게 무지막지하게 때립니까? 그만 때리세요."

낯모를 아저씨가 용기를 내어 말하였습니다.

"당신은 가던 길이나 가슈. 이 쬐그만 자식이 도둑질을 하였단 말이요. 그동안 얼마나 많이 도둑질을 당한 지 알아? 이런 놈은 맞아야 돼."

"다시는 안 그럴께요. 한 번만 용서해 주세요."

나는 발길질이 잠시 멈춘 틈 사이로 울면서 용서를 구했습니다. 울지 않으려고 하였지만 너무 아파서였는지 창피해서였는지 눈물이 복받쳐 올랐습니다. 사람들은 구멍가게 아저씨와 나를 가운데 두고 둘러섰습니다. 나는 일어나 앉았습니다. 코피가 흘러 얼굴과 웃도리에 피가 묻었습니다.

"어머, 쟤 피 좀 봐."

구경하고 있던 아주머니가 놀라 말합니다.

둘러서 있던 사람들이 모두 한마디씩 합니다.

"무얼 훔쳤는지는 모르지만 이제 그만해요."

"피를 흘리잖아요."

"도둑질을 했으면 파출소를 데리고 갈 것이지 때리긴 왜 때려요."

"다시는 안 그런다잖아요. 이제 그만하세요."

나는 구멍가게 아저씨를 곁눈질로 바라보았습니다. 구멍가게 아저씨의 얼굴은 화가 덜 풀려 울그락불그락하였습니다.

"아저씨, 한 번만 용서해 주세요. 정말 처음이었어요. 훔친 물건 여기 있어요."

나는 구멍가게에서 훔친 물건을 주머니에서 꺼내 아저씨에게 내밀었습니다. 그것은 셀렘민트껌과 바브민트껌이었습니다.

"아니, 껌 두 통 훔쳤다고 아이를 이 지경으로 때렸단 말이요?"

가장 먼저 나서서 말리던 낯모를 아저씨가 기가 막힌다는 듯이 구멍가게 아저씨를 바라보며 말합니다.

"모르는 소리 마시오. 처음이 아니란 말이요. 내가 그동안 도둑맞은 것을 다 합치면 가게를 새로 내도 될 정도요."

구멍가게 아저씨는 내 손에서 껌을 낚아채듯 집어들며 다짐을 줍니다.

"너 다시 한 번 도둑질하다 걸리면 정말 깜빵에 갈 줄 알어."

"난 정말 오늘이 처음이에요."

수정이는 텔레비전이 집에 들어오던 날 으스대며
동네 아이들을 모두 집으로 불러 모았습니다.
수정이네 집은 정말 멋있었습니다.
응접실 천장에서 휘황찬란하게 빛나는 샹들리에를 보며
우리는 벌어진 입을 다물지 못하였습니다.

물론 처음은 아니었습니다. 그러나 구멍가게 아저씨가 잃어버린 모든 물건들을 내가 훔친 것은 아니었습니다. 내가 구멍가게에서 물건을 훔친 것은 오직 껌뿐이었고, 그것도 서너 번 뿐이었습니다.

내가 개천 옆 구멍가게에서 껌을 슬쩍하기 시작한 것은 예쁜이 수정이네 집에 텔레비전이 생기고 나서부터였습니다. 수정이네는 일곱 채 밖에 안 되는 우리 동네에서 제일 부자였습니다. 다른 집들은 모두 비만 오면 비가 새는 낡은 기와집이었지만 수정이네 집은 새로 지은 양옥집이었습니다. 그런 수정이네 집에 한 달 전쯤에 텔레비전이 생겼습니다. 수정이는 텔레비전이 집에 들어오던 날 으스대며 동네 아이들을 모두 집으로 불러 모았습니다. 수정이네 집은 정말 멋있었습니다. 응접실 천장에서 휘황찬란하게 빛나는 샹들리에를 보며 우리는 벌어진 입을 다물지 못하였습니다. 번쩍거리는 마루와 온통 나무로 된 벽이며 전축, 텔레비전 등에 넋을 놓았습니다.

우리는 그날 수정이 어머니가 내어 주신 과자를 맛나게 먹으며 '우주 가족'이라는 프로그램을 보았습니다. 달나라에서 사는 한 가족이 겪는 이야기를 담은 미국 드라마였는데 너무나 재미있었습니다. 텔레비전을 처음 보는 동네 아이들에게 있어 텔레비전은 감동과 흥분 그 자체였습니다. 충무로 시절 텔레비전을 마음껏 보던 내게도 텔레비전은 경이로웠습니다. 아이들은 텔레비전과 '우주 가족'에 빠져 있었지만 나는 선전에 마음을 빼앗겼습니다. 껌 선전이었습니다. 바브민트껌과 셀렘민트껌이었습니다. 나는 껌 선전을 보는 순간 소사 시절 미군들에게 얻어 씹던 껌의 향기가 입 안 가득 메우는 것을 느꼈습니다.

미군들에게 얻어 씹던 셀렘민트껌의 향기를 잊을 수가 없었습니다. 그 향기에는 소사의 들녘, 그 골목길, 친구들의 모습이 묻어 있었습니다. 내게 있어서 셀렘민트껌은 그리운 내 마음의 고향 소사였습니다. 그 셀렘민트껌이 우리나라에서 나온 것입니다. 충무로 시절에는 제과점에서만 팔던 얼음사탕도 마음대로 사 먹을 수 있었는데 이제는 껌 한 통도 사 먹을 수 없다는 것에 실망하고 좌절했습니다. 분하고 약올랐습니다. 얼음사탕은 고사하고 일 원에 두 알 주던 설탕 범벅이던 왕사탕 정도는 사 먹을 수 있어야 한다고 생각했습니다. 껌 정도는 충분히 먹어도 된다고 생각했습니다. 그날 이후로 나는 기회만 오면 아무 가게에서

나 껌을 훔쳤습니다. 나는 아이들에게 껌을 하나씩 나누어 주었습니다. 껌을 줄 때마다 아이들은 너무나 즐거워했습니다. 텔레비전이라도 생긴 듯이 좋아했습니다. 신났습니다. 우리는 껌을 며칠씩 씹었습니다. 잠을 잘 때에는 아무도 모르는 곳에 붙여 놓았다가 아침이면 다시 씹었습니다.

　구멍가게 아저씨는 내 손에서 껌을 받아들고는 가게로 들어갔습니다. 빙 둘러서 있던 사람들도 모두들 제 갈 길로 갔습니다. 나는 일어나 개천으로 갔습니다. 온몸이 쑤시고 아팠습니다. 얼굴을 닦았습니다. 흐르던 코피는 어느새 그쳐 있었습니다. 나는 얼굴에 말라붙은 피를 닦아냈습니다. 입술이 터지고 이빨이 시큰거렸습니다. 괜히 눈물이 나왔습니다. 흐르는 눈물을 숨기느라 얼굴을 개울물에 담가 보았지만 눈물은 자꾸만 흘렀습니다.

　"씨이발, 재수 드럽게 없네."

　나는 흐르는 눈물을 닦아내며 욕지거리를 하였습니다. 들을 사람도 없는데 자꾸만 욕이 나왔습니다. 일어나 앉으니 해가 뉘엿뉘엿 하늘 저편으로 넘어가고 있었습니다. 붉은 해였습니다. 하늘도 붉게 물들어갔습니다.

"하늘은 좋네, 씨발."

나는 개천 옆에 쌓아 놓은 대형 하수관으로 향했습니다. 개천 옆에는 대형 하수관들이 수십 개도 넘게 쌓여 있었습니다. 개천에 묻힐 것들이었습니다. 대형 하수관을 개천에 묻고 개천을 매립하여 도로를 만든다고 하였습니다. 지난 봄에 갖다 놓았는데 여름이 다 지나도록 그대로 있었습니다. 대형 하수관은 나의 은신처이자 보금자리였습니다. 그 안에 들어가 누우면 편안했습니다. 온몸을 감싸주었습니다. 나는 집에서처럼 편안히 누웠습니다. 이빨이 시큰거리고 온몸이 쑤셨지만 마음은 이내 안정되고 편안해졌습니다. 눈물이 다시 나오려고 하였지만 참았습니다. 나는 몸을 돌려 배를 깔고 누웠습니다. 깍지 낀 양팔에 얼굴을 기댄 채 지는 노을을 바라보았습니다. 하늘은 더욱 붉어졌습니다. 붉게 물든 하늘은 마음이 시리도록 아름다웠습니다.

"씨이발-"

괜히 욕이 나왔습니다. 눈물도 다시 나왔습니다.

"여기 있었구나."

앞집에 사는 순둥이 순구입니다.

"한참 찾았어. 여기서 뭐하니?"

"그냥…"

수정이네 집에 텔레비전이 들어온 날부터 수정이가 텔레비전을 자랑하느라 동네 아이들을 집으로 불러들인 날부터 그리고 '우주 가족'을 본 날로부터 순구는 텔레비전의 마술에 빠져들었습니다. 우주 가족에 마음을 빼앗겼습니다. 하지만 순구는 숫기도 없고 용기도 없었습니다. 우주 가족을 보고 싶었지만 수정이에게 우주 가족을 보여 달라고 말할 용기가 없었습니다. 순구는 우주 가족을 하는 날이면 어김없이 나를 찾아왔습니다.

"우주 가족 하는 날이니?"

지는 노을을 바라보며 내가 말하였습니다.

"응."

순구가 대답하였습니다.

"오늘 한 번 안 보면 안 되겠니?"

"…"

순구는 말이 없습니다.

"알았어. 가자."

순구와 나는 개천 옆 구멍가게 앞을 지나고, 지는 노을을 가로질러 수정이네 집으로 갑니다. 순구와 나는 수정이네 집으로 가는 동안 아무 말도 하지 않았습니다. 우리는 걷기만 하였습니다. 우리가 수정이네 집 앞에 섰을 때 주위는 어두워졌습니다. 지던 해는 아주 집으로 돌아가고 순구와 나는 '우주 가족'을 보기 위해 수정이네 집에 왔습니다.

"수정아~"

나는 힘차게 수정이의 이름을 불렀습니다. 수정이의 대답을 기다릴 사이도 없이 더 큰 목소리로 악을 쓰듯이 수정이의 이름을 불렀습니다.

"수저엉~ 아~"

나는 수정이의 이름을 목 놓아 불렀습니다. 순구의 얼굴은 쳐다보지도 않은 채 우주 가족을 보여 달라고 수정이의 이름을 목 놓아 불렀습니다.

아버지의 담배

내 바지 주머니에는 아버지가 즐겨 피시던 청자 담배가 들어 있었습니다. 아버지가 붙들려 가신 그날 우리집은 이상할 정도로 조용하였습니다. 일 년에 한두 번 정도 외출하시던 어머니가 외출을 하신 것을 빼고는 아무 일도 없었다는 듯이 조용하기만 했습니다. 나는 아무 말도 하지 않았습니다. 아니, 할 수 없었습니다. 그날 밤 나는 아버지의 담배를 꺼내어 버드나무 아래에 묻었습니다.

언젠가 여행길에 큰 버드나무를 보고 답십리에서 보냈던 어린 날들을 떠올린 적이 있었습니다. 집 대문 옆 닭장 곁에는 큰 버드나무가 서 있었습니다. 어찌나 컸던지 어린 나의 두 팔로는 버드나무를 품어 안을 수 없었습니다. 나는 그 버드나무를 볼 때마다 아버지를 생각하곤 하였습니다. 나는 우리집 마당에 있던 나무들마다 가족들의 이름을 붙여 놓았습니다. 닭장 곁의 아름드리 버드나무는 아버지 나무였습니다. 마당 한가운데 있는 여러 나무들과 큰 앵두나무는 어머니 나무였습니다. 큰 앵두나무에 안기듯 서 있는 작은 앵두나무는 작은누나 연숙이의 나무였습니다. 방 창문에 덧댄 방범창에 몸을 기댄 채 가을이면 입을 벌리던 석류나무는 시집간 큰누나 연자의 나무였습니다. 또 하

나는 큰 버드나무를
볼 때면 언제나
오래전 돌아가신 아버지가
생각나곤 하였습니다.

늘을 향해 몸을 뻗대고 있던 해바라기는 싸움 잘하던 큰형 중범이 나무였고, 여름이면 주렁주렁 포도송이를 매달던 포도나무는 공부 잘하고 문학을 좋아하던 작은형 중기의 것이었습니다. 나는 옥수수밭을 가졌습니다. 나는 옥수수 밭을 좋아하였습니다. 내 키 이상 자란 옥수수들을 헤치며 걸으면 울적했던 마음도 곧 좋아지곤 하였습니다.

나는 큰 버드나무를 볼 때면 언제나 오래전 돌아가신 아 버지가 생각나곤 하였습니다. 여행길에 만난 아름드리 버 드나무는 오랫동안 가슴속에 묻혀 있었던 아버지와의 일 을 기억하게 하였습니다.

내가 주먹코 순둥이 순구를 위해 '우주 가족'을 보려고 수정이의 이름을 목 놓아 부르던 그해 여름의 어느 날이었 습니다. 형사들이 우리집에 들이닥쳤습니다.

"샅샅이 뒤져."

형사들은 신발을 신은 채 안방까지 뛰어들어왔습니다. 형사들은 우리집을 발칵 뒤집어 놓았습니다. 무엇을 찾는 지는 모르지만 무엇인가를 찾기 위해 부엌이고 창고고 장 롱이고 장판 밑이고 샅샅이 뒤졌습니다. 형사들은 3일을 계속해서 찾아왔습니다. 나중에는 닭장과 옥수수밭까지 뒤졌습니다. 그러나 형사들은 아무것도 찾지 못하였습니다. 형사들은 풀이 죽었고 아버지는 '형사면 다냐!'고 큰 소리를 쳤습니다. 형사들은 돌아갔습니다. 그러나 그냥 돌아가지는 않았습니다. 대문을 나서며 한 형사가 말하였습니다.

"좋아하지 마시오. 꼭 잡아 넣을 테니."

나는 너무나 무서웠지만 꾹 참았습니다. 그러나 떨리는 가슴만은 어찌할 수 없었습니다. 형사들이 떠나자 우리집은 아무 일도 없었던 듯이 곧 평안을 되찾았습니다. 내가 보기에는 말입니다. 그러나 그 평안은 오래 지속될 평안이 아니었습니다. 나는 그날 이후로 형사들이 우리집 주위를 지키고 있다는 것을 알게 되었습니다. 형사들은 우리집 마당에서는 나갔지만 우리집 주위를 떠나지 않고 있었습니다. 나는 아이들과 놀면서도 마치 내가 큰 죄를 지은 것처럼 두렵고 떨리곤 하였습니다. 언제나 딱지치기, 구슬치기를 하면 따기만 했지만, 그 즈음에는 내내 잃기만 하였습니다. 집 안은 다시 깨끗이 정돈되어 있었지만 무거운 정적이 감돌고 있다는 것을 어린 나도 느끼고 있었습니다. 평상시에도 별로 말씀이 없으시던 아버지는 더욱 말씀이 없어지셨습니다. 어머니는 많이 웃으셨지만 그 웃음으로도 집 안에 감도는 무거운 정적을 몰아내지는 못하였습니다.

어머니는 밥을 먹고 있던 내게 말씀하셨습니다.

"중호야, 전에 집에 왔던 형사들이 밖에 있는 것 알지?"

"네."

"형사들이 무엇을 물어보더라도 모른다고 해야 한다."

"네."

나는 밥숟가락을 소리 나지 않게 내려놓으며 고개를 끄덕였습니다. 사실 나는 아무것도 몰랐습니다. 형사들이 우리집을 찾아와 내 밭인 옥수수밭까지 왜 헤집었는지 몰랐습니다. 어차피 나는 아무것도 모르는데 어머니가 왜 '아무것도 모른다'고 말하라고 다짐을 두셨는지 몰랐습니다. 집에 왜 무거운 정적이 감도는 지 그 이유조차도 알 수 없었습니다. 단지 형사들이 우리집에 쳐들어와 집을 뒤집어 놓았다는 사실만으로 나는 어떤 불길한 일이 일어나고 있다는 사실만을 눈치 채고 있었을 뿐입니다. 충무로의 사촌형 집에서 본 것 같은 미군 부대 물건이 우리집에도 숨겨 있을지도 모른다고 생각하였을 뿐입니다.

어머니께서 내게 형사들이 무엇을 물어보더라도 아무것
도 모른다고 대답하라고 가르쳐 주신 그 다음날 우리집을
감시하던 형사들 중의 한 명이 내게 다가왔습니다. 망해서
텅 비어 있는 윗동네 방앗간에서 하루 종일 놀고 돌아오던
길이었습니다.

"너 중호 맞지?"

우리집에 들어왔던 형사가 나를 노려보고 있었습니다.

"…"

"너 이 집에 살지?"

형사는 턱으로 우리집을 가리키며 말하였습니다.

"…"

"왜 대답이 없어. 아저씨는 다 알고 있어. 너 이 집 막내
잖아. 그렇지?"

"…"

나는 입을 다문 채 고개를 끄덕였습니다.

"아저씨는 나쁜 사람이 아니야. 너한테 뭐 좀 물어보려
고 그래. 너 이거 먹을래? 어서 받아! 먹어!"

형사는 왕사탕 한 봉지를 내밀었습니다. 나는 사탕 봉지

를 받지 않았습니다.

"나는 아무것도 몰라요."

나는 집으로 뛰어들어갔습니다. 나는 집 안의 누구에게
도 형사들이 내게 말을 걸었다는 사실을 말하지 않았습니
다. 그 일 이후로 나는 며칠 동안 집 밖에 나가지 않았습니
다. 그렇게 며칠이 지난 어느 날 아버지는 내게 담배 심부
름을 시키셨습니다. 조심스럽게 집을 나선 나는 형사들이
있는지 살펴보았습니다. 형사들은 눈에 띄지 않았습니다.
나는 담배를 사들고 잰걸음으로 집으로 향했습니다. 집 대
문이 저만치 보일 때 며칠 전 내게 사탕 봉지를 내밀던 형
사가 앞을 가로막았습니다.

"잠깐만 나하고 이야기하고 들어가라. 아저씨는 형사야.
나쁜 아저씨가 아니라니까?"

형사는 내 손목을 잡아끌었습니다.

"이거 놔요!"

나는 손을 빼기 위해 힘을 써 보았지만 잡힌 손을 뺄 수
없었습니다. 형사는 나를 우리집 뒷담 벽으로 데리고 갔습
니다.

"무서워하지 마라. 아저씨는 정말 나쁜 사람이 아니야.

너 아저씨가 형사인지 알고 있지?"

"..."

나는 고개를 끄덕였습니다.

"아저씨가 솔직히 말하마. 너는 잘 모르겠지만 아버지가 큰 잘못을 저질렀어. 다른 형사 아저씨에게 걸리면 아버지는 감옥에 가게 되는 거야. 아저씨는 전에부터 아버지를 잘 알고 있단다. 아저씨는 아버지의 친구야. 아저씨가 매일 너희 집에 와서 지키는 것은 아버지를 감옥에 보내지 않으려고 하는 거야. 알겠어? 아버지가 아저씨에게 걸려야 감옥에 가지 않을 수 있단 말이야. 정말이야."

"..."

나는 아무 말도 없이 형사를 쳐다보았습니다.

"너 아버지가 감옥소에 가도 좋아?"

나는 고개를 저으며 거의 울먹이는 목소리로 말했습니다.

"나는 아무것도 몰라요. 우리 아버지 감옥소에 보내지 마세요."

"그래. 안 보낸다니까? 약속할게. 정말 안 보내."

"나는 아무것도 몰라요."

"그래. 네가 뭘 알겠니? 한 가지만 가르쳐 줘. 네가 알 수 있는 거야."

나는 형사를 쳐다보았습니다.

"아버지가 집에 계실 때 주로 어디 계시는지 그것만 말해 주면 돼."

"안방에요."

나는 모기 소리만한 목소리로 대답하였습니다.

"물론 안방에 계시겠지. 그런데, 아저씨가 물어보는 것은 아버지가 안방에 계시다가 자주 가시는 곳이 어디냐는 거야. 부엌이나, 창고나, 다락이나 뭐 자주는 아니더라도 가끔이라도 가시는 곳이 있을 거잖아."

"나는 정말 아무것도 몰라요. 가끔 다락에 올라가시는 것을 봤어요. 그것 말고는 나는 정말 아무것도 몰라요."

그날 형사들은 우리집 다락을 다 부수다시피하여 그들이 원하던 것을 찾았습니다. 미군 부대에서 나온 의약품과 담배들이었습니다. 그날 아버지는 가족들과 내가 보는 앞에서 포승줄에 묶여 붙들려 가셨습니다. 굵은 밧줄은 아버지의 허리를 두 겹 세 겹으로 감은 후 돌아 나와 아버지의 양 손목을 칭칭 동여맸습니다. 정신을 차릴 사이도 없이 순식간에 일어난 일이었습니다. 내가 미처 아버지의 담배를 전해드릴 사이도 없이 말입니다. 내 바지 주머니에는 아버지가 즐겨 피시던 청자 담배가 한 갑 들어 있었습니다.

아버지가 붙들려 가신 그날 우리집은 이상할 정도로 조용하였습니다. 일 년에 한두 번 정도 외출하시던 어머니가 외출을 하신 것을 빼고는 아무 일도 없었다는 듯이 조용하기만 하였습니다. 나도 아무 말도 하지 않았습니다. 아니, 할 수 없었습니다.

그날 밤 나는 잠을 이룰 수 없었습니다. 나는 마당으로 나와 버드나무 아래에 앉았습니다. 하늘에는 별들이 총총 빛나고 있었습니다. 별들은 환하게 웃고 있는 것만 같았습니다. 환하게 웃고 있는 별들 사이로 버드나무 가지가 흔들렸습니다. 버드나무는 모든 것을 다 안다는 듯이 가지를 흔들고 있었습니다. 버드나무는 가지를 흔들며 말하고 있었습니다.

'네가 아버지를 감옥소에 보낸 거야.'

'아니야, 네 잘못이 아냐. 거짓말을 한 형사가 나쁜 거야. 너무 슬퍼하지 마라. 아버지는 괜찮으실 거야. 곧 돌아오실 거야.'

나는 말없이 버드나무 아래에 앉아 가지들이 흔들리며 속삭이는 말들을 들었습니다.

나는 바지 주머니에서 아버지의 담배를 꺼내어 버드나무 아래에 묻었습니다.

'아버지, 담배 사 왔어요.'

'아버지가 좋아하시는 청자 담배예요.'

나는 마음속으로 말하였습니다.

별들은 웃고 있었지만 나는 울었습니다.

아직 가을이 오려면 여러 날을 기다려야 했지만 그날 밤은 무척이나 추웠습니다.

열두째 이야기

청자 담배

나는 아버지에게 큰 절을 올린 후 말없이 주머니에서 청자 담배를
꺼내 놓았습니다.

"아버지는 담배 끊었는데, 중호가 주는 것이니 한 대는 피워야겠구나."

아버지는 담배 연기를 깊이 들여 마신 후 코로, 입으로 천천히 내뱉
었습니다. 담배 연기는 내게로 다가오더니 이내 방 안을 가득 채웠
습니다. 담배 연기 사이로 아버지의 얼굴이 보였습니다. 나를 바라
보며 미소 짓고 있는 것 같았습니다.

아버지의 청자 담배를 전해드리지 못한 그해 여름으로부
터 한 해 남짓 지난 가을날 아버지는 돌아오셨습니다. 아
버지께서 안 계신 동안 집은 별로 달라진 것이 없었습니
다. 모든 것이 평온하기만 하였습니다. 달라진 것이 있다면
외출을 좀처럼 하시지 않던 어머니께서 아버지의 면회를
위해 자주 외출을 하신 것뿐이었습니다. 나는 어머니를 따
라가고 싶었지만 아버지의 얼굴을 마주할 용기가 나지 않
았습니다. 나 때문에 아버지가 교도소에 끌려가신 것 같아
서 말입니다. 나는 어머니가 아버지에게 가실 때마다 나에
게 같이 가자고 말씀해 주시기를 기다렸지만 어머니는 한
번도 말씀하지 않으셨습니다. 하지만 어머니는 언제나 나
를 따뜻하게 안아주셨습니다.

아버지가 안 계신 동안 집 안은 거의 달라진 것이 없었지만 내게는 적지 않은 변화가 있었습니다. 경미 극장 앞을 서성거리다 영화를 구경하는 일도, 장안벌에서 손으로 붕어를 잡는 일도, 아이스케키 장사도 재미가 없어졌습니다. 학교를 다니는 일은 더욱 시들해졌습니다. 그저 가방을 들고 학교를 오고갈 뿐이었습니다. 제법 잘하던 학교 공부도 겨우 바닥을 면하였습니다. 방앗간 동네 아이들과 하던 전쟁놀이도, 동네 아이들과 함께 하던 십자가이생이나 다방구, 망 까기, 구슬치기 같은 놀이도 시들해졌습니다. 나는 점점 말이 없어졌습니다. 나는 답십리로 처음 이사왔을 때보다 소사가 더 많이 그리워졌습니다.

나는 아버지에게 큰절을 올린 후 말없이 주머니에서 청자 담배를 꺼내 아버지 앞에 놓았습니다.

그렇게 소사의 유년 시절이 사무치게 그리워지던 가을

날 아버지는 돌아오셨습니다. 나는 누나, 형들과 함께 칠이 벗겨진 대문 앞에서 아버지를 기다렸습니다. 택시에서 내리신 아버지는 성큼성큼 큰 걸음으로 다가오시어 두툼한 손으로 내 머리를 쓰다듬으시며 말씀하셨습니다.

"중호, 이 녀석! 아버지가 못 보는 사이에 많이 컸구나."

우리 가족은 모두 안방에 모여 앉았습니다. 우리는 아버지에게 큰절을 올렸습니다. 형들이나 누나는 큰절을 하며 모두 한 마디씩 인사를 하였습니다. 내 차례가 되었습니다. 나는 아버지에게 큰절을 올린 후 말없이 주머니에서 청자 담배를 꺼내 아버지 앞에 놓았습니다. 아버지가 오시면 드리기 위해 준비해 두었던 담배였습니다.

"이게 뭐냐? 웬 담배야?"

나를 쳐다보시는 아버지의 눈이 반짝였습니다.

"저, 작년 여름에 드렸어야 했는데… 작년 여름에 아버지가 사 오라고 하셨잖아요. 그때 드리지 못해서요…."

나는 고개를 푹 숙였습니다. 도저히 아버지의 얼굴을 바라볼 용기가 나지 않았습니다. 방 안은 조용하기만 하였습니다.

"아버지는 담배 끊었는데, 중호가 주는 것이니 한 대는 피워야겠구나."

아버지는 담뱃갑을 뜯고 한 개비 꺼내 물으시고 불을 붙이셨습니다. 아버지는 담배 연기를 깊이 들여마신 후 천천히 코로, 입으로 내뱉으셨습니다. 아버지에게서 나온 담배 연기는 내게로 다가오더니 이내 방 안을 가득 채우는 듯했습니다. 담배 연기 사이로 아버지의 얼굴이 보였습니다. 나를 바라보며 미소 짓고 있는 것 같았습니다.

그때의 담배 연기가 오십여 년이나 지난 지금까지 남아 있습니다. 아직도 코끝에서 그 담배 냄새가 느껴집니다. 그 담배 연기가 가슴에 가득합니다. 경미 극장 앞에서 '아들이라고 하며 데리고 들어가 달라'고 애걸하며 떼를 쓰던 개구쟁이 코흘리개 어린아이가 노인이 되어가고 있는데도 그 담배 연기는 여전히 남아 있습니다. 한평생이 흘렀건만 아버지의 담배 연기는 흩어지지 않고 그대로 남아 있습니다. 세월은 내 삶에서만 흘렀을 뿐 내 추억에서는 전혀 흐르지 않았던 모양입니다.

모든 것이 그대로입니다. 대문 옆 버드나무도, 옥수수밭도, 닭장도, 앵두나무도, 사용하지 않던 뒷마당의 우물도 모두 그대로입니다. 옆집에 살던 순둥이 순구, 예쁜이 수정이, 나를 좋아하던 성희와 성구 형, 언제나 케키 공장 앞에서 만나던 방앗간 동네에 살던 곰보 형, 이빨 사이로 침을 예술적으로 뱉던 경미 극장 기도 영태 형, 아버지를 잡아가던 형사에 이르기까지 모든 것이 그대로인데 세월은 제게만 흘러 노인이 되어 가고 있습니다.

답십리 시절뿐 아니라 소사 시절도 그대로 남아 있습니다. 거머리에 물리며 물고기를 잡던 냇가, 용기를 내어 문둥이 굴에 찾아갔던 친구들, 치범이 형, 소독하지 않은 바리캉으로 내 머리에 기계충을 옮겨 놓았던 이발소 아저씨들, 마음씨 좋던 담배 가게 아줌마와 궁둥이를 씰룩거리며 걷던 천사같이 예쁘기만 했던 양색시 누나들, 사시사철 메뚜기 반찬을 준비하느라 고생하던 호야 엄마와 호야, 그리고 '꽃'자를 잘 쓴다고 나를 귀여워해주시던 선생님까지 모두들 그대로입니다. 판자로 얼기설기 지은 소사 남초등학교의 교실도, 손만 뻗치면 메뚜기가 서너 마리씩 잡히던 황금 들녘도, 겨울이면 언 몸을 따뜻하게 녹여주던 굴뚝도, 골목길도 모두 변함없는데, 세월은 제게만 흘러 모든 것이 변했습니다. 모든 것들이 그대로 남아 있는데 세월은 제게

두고 온 그 모든 것들이 그립습니다.
제 삶에 들어와 제 삶이 된 사람들이고 시간들입니다.
그들은 제 인생이었습니다.

만 쏟아졌습니다. 그 모든 것들을 두고 저만 떠나와 낯선 세월을 지나고 있습니다.

두고 온 그 모든 것들이 그립습니다. 제 삶에 들어와 제 삶이 된 사람들이고 시간들입니다. 그들은 제 인생이었습니다. 삶 자체였습니다. 나는 언제나 내 인생은 내가 사는 것이라고 생각하였지만 사실은 그들이 내 인생을 살아왔습니다. 그들에 의해 채워지고 만들어졌습니다. 지금 이 순간에도 말입니다. 지금도 그들은 때론 어서 오라고 손짓하며 부르기도 하고, 때론 어서 가라고 손을 휘휘 내젓기도 합니다. 그렇게 제 영혼을 채우며 제 삶을 만들어 갑니다. 그 시간들, 그 사람들로 인해 제 인생은 언제나 따뜻했습니다. 때로는 많이 힘들기도 하였지만 말입니다. 아무리 생각해보아도 제 영혼이 따뜻했던 날들이었습니다.

늘 혼자라고 생각했습니다. 삶은 혼자일 수밖에 없는 것이
라고 생각했습니다. 하지만 이런저런 일들을 겪으며 살아
오다 보니 젊은 날에는 보지 못하던 것들을 보게 되고, 알
지 못하던 것들을 알게 되었습니다. 늘 나보다 앞서 걸으
며 나를 기다리고 있는 사람이 있었습니다. 행여나 내가
다치고 넘어질까 염려되어 좁은 길에 뻗어 있는 나뭇가지
도 정리하고, 돌도 캐내어 길 저편으로 치우는 사람이 있
었습니다. 그런 순간순간들을 여러 차례 지나다 보니 알게
되었습니다. 그렇게 위태롭고 위험했던 순간들마다 어떻
게 다치지 않고, 큰일을 겪지 않을 수 있었는지 말입니다.
　운이 좋은 탓이라고 생각했었는데 아니었습니다. 누군
가가 늘 함께 하고 있었기 때문이었습니다. 앞서 가며 길

을 치워주던 이들만 있었던 것이 아닙니다. 뒤따라오며 지쳐 걸음이 흐트러지지는 않는지, 넘어지지는 않는지 살펴보며 함께 걸어왔던 사람도 있었습니다. 내가 느끼지 못했을 뿐입니다. 단 한 번도 홀로 있었던 적이 없었습니다. 내 곁에는 늘 나를 사랑하는 사람들이 있었습니다. 나를 지키고 보살피고 기다리는 사람들이 있었습니다. 그 사람들로 인해 힘들고 고통스럽고 절망적이었던 순간들을 넘어지지 않고 지나올 수 있었습니다. 내가 누군가의 앞이나 뒤에서 그 누군가들을 지키며 살아올 수 있었던 것도 나의 선택이 아니라 내 앞과 뒤에서 나를 지키고 돌봐왔던 누군가들 때문이었습니다. 그 누군가들의 사랑이 내 몸에 배이고, 내 마음에 깃들어 있었기 때문이었습니다.

지금 우리 곁에도 이 사랑들이 머물러 있습니다. 내 곁에도, 당신 곁에도. 곁을 찬찬히 살펴보면 저마다의 모습으로 깃들어 있는 이 사랑들을 만날 수 있습니다. 돌이켜 볼수록, 우리들의 삶에는 사랑 아니고는 설명할 수 없는 일들이 너무 많다는 것을 고백하지 않을 수 없습니다. 사랑입니다, 그것은.

이 이야기를 내놓는 것에 대해 다소 망설임이 있었습니

다. 별로 보여줄 것도 없는, 그렇고 그런 이야기를 내놓는 것이 멋쩍고 부끄럽기도 했습니다. 하지만 내 삶은 나만의 삶이 아니라 함께 살아왔던 모든 이들의 삶이라는 생각에 이르러 용기를 냈습니다. 오래 전부터 유년 시절 이야기를 하고 싶은 마음은 있었으나 기회가 없었습니다. 꽃자리출판사에 고마운 마음 전합니다. 바쁘신 중에도 시간을 내어 그림을 그려주신 임종수 선생님께도 마음 깊이 감사드립니다.

때 아닌 겨울비가 여름 장마비처럼 내리니 가슴 한 켠에 묻어 두었던 그리움이 세월을 건넵니다. 그 세월 동안 잘 지냈는지 때 늦은 안부를 묻습니다. 갈 곳 없었던 긴 세월 동안 아프지는 않았는지 소식을 묻습니다. 잘 있으면 됐다고 묻지도 않은 안부를 묻습니다. 돌아갈 수도 없는 세월 바라보며 그저 살아 있으면 됐다고 말하지도 않은 안부를 다시 묻습니다.

섬의 산 중에서
최창남, 두 손 모아